Katryn

Vrou van die Richtersveld

Katryn

Vrou van die Richtersveld

JAN HUISAMEN

Human & Rousseau

Hierdie roman word postuum gepubliseer, 'n jaar ná die skrywer se dood. Die bywerking en redaksionele afronding van die manuskrip is gedoen deur Suzette Kotzé-Myburgh, met insette van die skrywer se oudste seun, advokaat Johann Huisamen. Sover vasgestel kon word, is die gebeure en karakters fiktief, of slegs losweg gebaseer op werklike persone en gebeure.

Kopiereg © 2012 deur Dalene Huisamen
Eerste uitgawe in 2012 deur Human & Rousseau,
'n druknaam van NB-Uitgewers,
Heerengracht 40, Kaapstad
Foto op band: fotograaf © Andrew Davis /Trevillion Images
Bandontwerp deur Mike Cruywagen
Kaart: Izak Vollgraaff
Tipografie deur Chérie Collins
Geset in 11.5 op 15 pt Adobe Caslon Pro
Gedruk in Suid-Afrika

ISBN 978-0-7981-7035-2 (Tweede sagteband uitgawe 2015)
ISBN 978-0-7981-5646-2 (Eerste sagteband uitgawe, vierde druk 2014)
ISBN 978-0-7981-5893-0 (ePub)
ISBN 978-0-7981-6237-1 (Mobi)

Opgedra aan my vrou Dalene

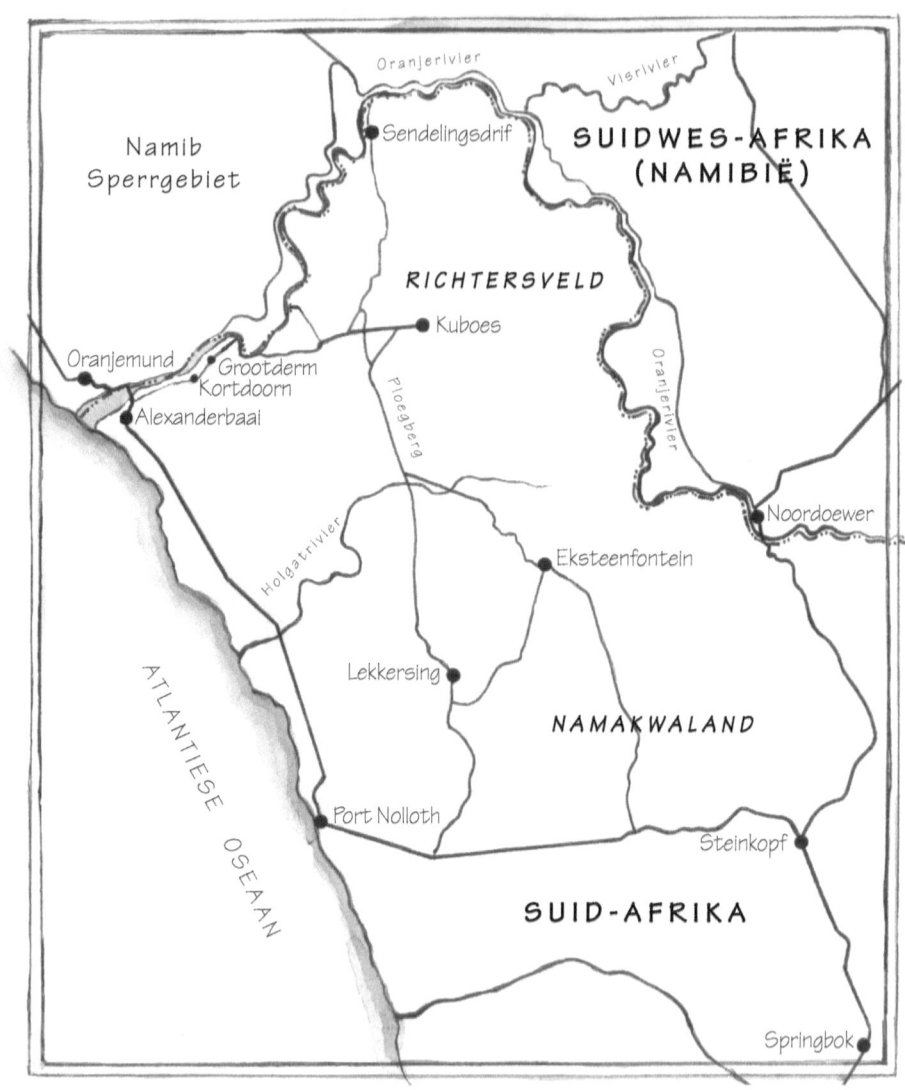

Namib
Sperrgebiet

Oranjerivier

Sendelingsdrif

SUIDWES-AFRIKA
(NAMIBIË)

Visrivier

RICHTERSVELD

Kuboes

Oranjemund
Grootderm
Kortdoorn
Alexanderbaai

Ploegberg

Oranjerivier

Noordoewer

Holgatrivier

Eksteenfontein

Lekkersing

NAMAKWALAND

ATLANTIESE OSEAAN

Port Nolloth

Steinkopf

SUID-AFRIKA

Springbok

In 2002 het die Namas van die Richtersveld 'n oorwinning in die Hooggeregshof behaal met die grootste grondeis in die geskiedenis van Suid-Afrika, naamlik 200 000 hektaar. Vir die eerste keer sedert die anneksasie van Namakwaland in 1847 kon die Namas weer die Richtersveld hul eie noem, en die gemeenskap het by wyse van 'n referendum oorweldigend daarvoor gestem dat die grond kommunaal besit word en nie individueel nie. In 2011 is die Richtersveld Kulturele en Botaniese Landskap tot 'n Unesco Wêrelderfenisgebied verklaar.

. Hoofstuk 1 .

KATRYN JONIS LEUN MET HAAR SKOUERS teen die muur van die sel, haar oë toe. Sy sit plat op die klapperhaarmatras en die koue van die sementvloer sypel deur haar dun katoenrok, maar dit hinder haar nie. Sy geniet die stilte. Nie dat daar in die tronk ooit werklik stilte is nie. Dis 'n aanhoudende kabaal van seldeure wat klap, bevele wat geskree word of mense wat deur die gange marsjeer.

Die stilte wat sy geniet, is die stilte hier reg om haar. Die paar vrouens wat die sel met haar deel, is vanoggend almal weggevat om in die hof te verskyn.

Hulle aanhoudende gepraat en vieslike gevloek irriteer haar, maar gelukkig los hulle haar uit. Toe sy eergister hier aangebring is, het hulle dadelik om haar saamgekoek, maar die oomblik toe hulle hoor wat die klag teen haar is, het hulle weggesluip en in hulle eie hoek gaan bondel maak. Sy hoor so af en toe dat hulle na haar verwys as die "kondêm" – die een vir wie daar geen hoop is nie. Die een wat aans aan die ent van 'n galgtou gaan sterf.

Hoewel sy nie wil hê dat hulle so om haar moet saamdrom nie, maak dit tog seer. Soos gister. Sy het op haar matras gelê en gemaak of sy slaap toe nog 'n vrou ingebring word. Sy hoor toe hoe die nuwe vrou vra: "En daai een wat so toe-oog lê, wat is haar charge?"

"Moord, my suster, moord. Sy't mos twee oumense se enigste klong met 'n mes doodgesteek."

"Hiert! Wat sê jy?"

"Dis wáár. Jy kan mos sien sy's nie soos ons nie, kom doer uit Namakwaland uit. Ons hou ons maar eenkant."

Ja, dink Katryn, die vrouens is reg. Die charge ís moord. Kortendag moet sy voor die halsregter verskyn op aanklag dat sy vir Koos Klink met haar kombuismes doodgesteek het.

Maar watwou Namakwaland, sy is 'n grootvrou van die Richtersveld, met opregte Namabloed in haar are. Daar waar sy vandaan kom, praat hulle darem nie van die môre tot die aand van hoer en suip en dronkmanspaarties nie. En dan nog met elke tweede woord Boontoe roep.

Al sit sy ongemaklik so teen die muur, kom die slaap. En met die slaap kom die droom.

Sy is tussen die doringbome op die wal van die Grootrivier. Sy hardloop. Só gemaklik hardloop sy ten spyte van haar lang rok dat dit voel of sy sweef. Die son vang kort-kort die mes in haar regterhand dat dit 'n blink lig maak.

Sy weet wie dit is wat voor haar uitvlug. Dis Koos Klink. Hy is halfpad jonger as sy en hy het nie 'n lang rok aan nie, maar sy haal hom in, want haar woede is groter as sy vrees.

Nou is sy naby. Sy sien die donker kolle wat die sweet op sy kakiehemp maak. Hy kyk om en sy lees die vrees in sy oë. Dit laat haar nog vinniger hardloop. Nog net 'n paar tree, dan het sy hom. Hy struikel en hou sy hande op om die steek af te weer. Sy lig die mes hoog . . .

En dan kom die slag. Net soos dit daardie middag langs die rivier gekom het, en nes dit elke keer in die droom kom.

Die enigste verskil is die sterre voor haar oë. Langs die rivier het die sterre voor haar oë verskiet, en in die droom raak sy met 'n ruk wakker.

Dis ounag, maar Katryn se vaak is heeltemal weg. Dis elke keer se storie as sy die middag geslaap het en die droom gedroom het.

Twee van die skollievrouens is skuldig bevind in die hof. Hulle gaan môre gevonnis word. Toe hulle gistermiddag terugkom, het hulle vreeslik te kere gegaan, op die polisie en die bewaarders geskel en die regter se ma onder haar rok uit gevloek. Dit het later vir Katryn gevoel of sy haar vingers in haar ore kon druk en hulle nooit weer uithaal nie.

Nou is dit stil. Net af en toe kom daar 'n snik uit die een hoek.

Katryn is al bang vir hierdie wakkerlê snags, want saam met die wakkerlê kom die gedagtes. En die verlangens. Eers het sy dit uit haar kop probeer wegdruk, maar sy het gou geleer: baklei teen gedagtes is 'n baklei wat sy nie kan wen nie. Nou laat sy dit maar oor haar spoel soos die Grootrivier se bruin water.

Haar gedagtes loop, hulle loop ver terug, tot by Kortdoorn se dae. In hulle sinkhuisie sit sy en haar ma by die sterfbed van haar pa. Die een maal wat die dokter by haar pa was, het hy gesê dis tering, maar hulle Richtersvelders praat van die bloedhoes.

Vir maande moes hulle haar pa se lyding aanskou. Die droë hoesbuie waaraan hulle so gewoond geraak het, was die afgelope twee weke nog erger. Hierdie laaste week bid hulle nie meer vir genesing nie. Hulle bid net dat die Here hom so gou as moontlik sal kom haal.

Katryn weet haar pa sal nie die nag deurmaak nie. Toe sy weer ná 'n lang hoesbui die skuim en bloed van sy mond afvee, kyk sy na haar ma. 'n Ligte knikkie van haar kop; die tyd om te groet het aangebreek.

Die trane wel in Katryn se oë op toe sy haar pa se klam hand optel, die palm hard en vereelt van jare se graafsteek. Oorkant haar vou haar ma sy ander hand in hare toe. Die geluid van 'n klip wat op die sinkdak val, skiet soos 'n skoot bokhael deur die kamer. Toe nog een, en nog een.

"Ag, Here, bewaar ons!" kerm haar ma. "Ontsien die boosdoener dan nie die dood nie?"

Net so skielik hou die aanval op.

Katryn hardloop deur toe. Sy sukkel met die werwel van die onderdeur, bars uit buitentoe, maar haar oë stuit teen die pikswart donkerte. Die hoonlag skeur deur die stilte van die nag.

"Vrek, jou hond, jou maaksel van 'n moordenaar! Moenie dink vrek sal jou laat loskom nie. In jou graf sal ek jou óók bykom, vir jou en jou hele nageslag. Vrek, vrek, vrek!"

Toe die voetvalle van een wat weghardloop.

Terug in die kamer val Katryn voor die bed neer. Sy buig oor haar pa, haar ma se gehuil hard in haar ore. Nog voor sy na haar pa kyk, weet sy. Die bloederige bol skuim voor sy neus en mond word nie meer in en uit gesuig nie. Hy is dood.

Die oggend ná die begrafnis loop sy en haar ma styf by mekaar ingehaak kerkhof toe, elkeen met 'n bossie blomme. Hulle praat nog steeds oor die aanval. Almal vir wie hulle daarvan vertel het, het net die kop geskud en gesê dit moet 'n boosaardige doodsgees wees, want geen mens sal so iets aan 'n sterwende doen nie.

Of dit mens of gees is, een ding weet Katryn: sy stem sal sy onthou. As hy praat, op die aarde of uit die lug uit, sal sy hom herken.

Sy druk die geroeste hekkie oop, laat haar ma eerste inloop en draai om om die hekkie toe te maak. Haar ma se hoë gil laat haar omswaai. Brommers styg op uit die hoop stink gemors op haar pa se vars graf. Mensedrek.

Sy voel hoe haar maag opruk van die stank. Daarmee saam kom die woede. Witwarm soos 'n meslem uit die vuur skroei dit deur haar.

Soos die dae aanloop, bly kook dit in haar. Die ontering van haar pa se graf vreet aan haar soos seepsoda. Haar ma huil en die mense kom troos, maar Katryn hou haar gesig klipstil. Sy sê nie 'n woord nie, maar sy kyk elkeen fyn deur. Wie van julle het dit gedoen?

Die Vrydag moet sy Grootderm toe vir hulle winkelgoedjies. Soos sy vir mister Scholtz oor die toonbank haar bestelling gee, hoor sy mense met die stoeptrappies opkom. Daar word oor en weer gegroet.

Meteens verstyf haar hele lyf. Dit voel of 'n hand vol hael-korrels onder haar klere teen haar rug afrol. Daar het 'n nuwe stem bygekom. Hy praat vriendelik, maar daar is by haar geen twyfel nie: dis hý.

Sy draai stadig om.

Dis 'n gewone man; sy skat hom so in die veertig. Hy het 'n kakiehemp aan wat tot onder sy keel toegeknoop is en 'n kakie-broek wat bokknieë om sy effense krom bene maak. Op sy kop is 'n breërandhoed, ewe met 'n pienk flaminkveer in die tiervelband gesteek. Sy gesig is in 'n meelewende glimlag geplooi soos hy met die ander mense gesels.

Die jongetjie wat agter in die winkel werk, loop verby. Katryn roep hom nader en vra sag: "Piet, wie's die oom wat daar met antie Maria staan en gesels?"

"Dis mos oom Abraham Klink. Hy en sy vrou, antie Sophy, het van Sendelingsdrif se wêreld af hiernatoe getrek. Hulle ron-dehuis staan sommer daar by ons. Dis seker nou al 'n maand of twee, het jy hulle dan nog nie gesien nie? Dis nou goeie mense daai. Almal wat met hulle blad gevat het, hou van hulle. Wil jy dagsê vir die oom?"

"Alte seker, ja."

Sy vat haar suikersakkie winkelgoed voor hulle uitloop stoep toe. Dit maal deur haar kop: het sy nie dalk 'n fout gemaak nie?

Piet groet die mense een vir een en sy groet agter hom aan.

Abraham Klink draai om. "Môre, Piet!" Sy oë trek op skre-
fies soos hy lag. "En dié mooi meisiekind? Stel 'n man dan voor
lat ek hoor."

"Dis Katryn Goosen, oom Abraham. Sy's die dogter van oom
Willem wat mos laas week aan die bloedhoes dood is."

Met die noem van haar pa se naam sien Katryn die veran-
dering wat oor Abraham Klink kom. Sy het nie 'n fout gemaak
met die stem nie.

Hy ruk sy hand terug. Al die vriendelikheid is weg uit sy
gesig. In sy donker oë sien sy iets wat sy in haar ganse lewe nog
nooit in iemand se oë gesien het nie.

Sy mompel 'n groet en draai om, struikel amper teen die trap-
pies af. Op 'n drafstap vat sy die pad Kortdoorn toe. Wat gaan
aan? Wat het haar familie gedoen om soveel haat in iemand te
sit?

Iewers slaan 'n horlosie. Dit moet baie ver wees, want Katryn
hoor die horlosie net as dit doodstil in die selle is, en as die
karre in die strate ook stil is. Daar hoor sy dit weer. Sy tel die
slae ... twee, drie, vier.

Nou is dit amper opstaantyd op die plaas. Ag, wat sal sy
nie betaal as sy net vir 'n paar minute agter Salmon se rug kan
inskuiwe nie. Hierdie tronk se naam moet eintlik wees "die plek
van groot verlang". Daar is ander name wat ook sal pas, soos "die
plek van ledigheid" of "die plek van vrees", maar geen swaarkry
is so groot soos die swaarkry wat verlang oor jou bring nie.

Sy verlang na haar plaas en sy verlang na haar kinders, maar van
almal verlang sy die meeste na haar man. Toe sy 'n jongmeisie op
Kortdoorn was, het die jongetjies die paadjie na Willem Goosen
se huis snuif getrap, maar sy was souerig vir hulle. Sy het haarself
belowe dat die man aan wie sy eendag haar lyf sal gee, eers langs
haar in Kuboes se kerk voor eerwaarde Schmidt sal staan. Die

kinders wat sy in die wêreld sal bring, sal nie voorkinders wees soos so baie ander jongmeisies in die Richtersveld s'n nie. Die mense het al begin praat dat sy 'n oujongmeisie raak, maar sy was as-aan.

Maar met Salmon Jonis het sy nie rekening gehou nie. Van die dag kort ná haar pa se dood wat hy voet oor die drumpel van hulle sinkhuis gesit het, het sy nooit weer na 'n ander man gekyk nie. Elke keer wat hy aan haar gevat het, kon sy voel hoe haar voorneme verflou.

'n Prikkeling kom oor haar lyf toe sy dink aan daardie Oujaarsdans by haar oompie-goed op Grootderm. Toe die Namastap begin, het sy vir haarself gesê: Katryn Goosen, as Salmon Jonis vanaand met jou stap, sal jy moet vashou. Jy sal moet sorg dat julle nie 'n voet buite die vuurkring sit nie.

Maar wat, soos die aand gevorder het en die dans al vroliker, het sy al minder omgegee. Toe hy haar oplaas uit die ligkring stuur en hand om die lyf na die digte bome by die rivier lei, het sy sonder 'n woord saamgegaan.

Die Maandagoggend het sy haar goed gevat en by hom in sy enkelkamer op Grootderm gaan intrek. "Saterdagnag het jy my lyf vir jou gevat, maar nou vat ek vir jóú. As jy ooit wil weet hoe dit voel as 'n hele es kole op jou kop omgekeer word, moet jy net met gedagtes in jou kop na 'n ander vroumens kýk."

Nege maande later is Fluitjie, hulle oudste dogter, gebore. Dit was eers ná die geboorte van Pietertjie dat hulle Kuboes toe is om in die kerk wettiglik te trou voor die eerwaarde. En drie jaar later was die tweeling daar, Sona en Lizzie.

Toe sy by Salmon ingetrek het, het hy al 'n tydjie by CDM se boerdery gewerk. Dit was vroeërs meestal die melkery, varke, hoenders en groente, en sy het sommer gou ook werk gekry. Mister Vlok, wat toe nog 'n jong man was, was een van die voormanne by die varkboerdery.

Soos hulle gesin aangegroei het, het Salmon aansoek gedoen vir 'n huis, en sy onthou vandag nog hoe gelukkig hulle daar in die muurhuis op Grootderm gebly het. En hoe hard hulle gewerk het. Soggens donkermôre was sy en Salmon uit en weg, en dan moes Fluitjie en Pietertjie dinge raakvat by die huis. Nadat Fluitjie die huis aan die kant gemaak het, moes sy en Pietertjie die groentetuin natmaak.

Hulle kon met die tyd saam 'n troppie bokke aanskaf, en dit was Lizzie en Sona se werk om die vee veld toe te vat om te wei. Dit was tog te ougat om te sien hoe goed die twee kleintjies met die bokke en die lammers gewerk het.

Salmon het een klagte gehad, en dit was haar spaarsamigheid. Hy het haar dikwels verwyt: "Katryn, ons Jonisse kon baie lekker gelewe het as dit nie vir jou alewige spaardery was nie. Van die dag wat jy met daai verdomde poskantoorboek by die huis aangekom het, eet ons nie ordentlik nie. En die kinders dra flenterklere. Die mense wys al vinger na ons en sê hulle weet nie wat die Jonisse met hulle verdienste maak nie."

Toe hy weer op 'n dag so kla, het sy vir hom met die oë beduie hulle moet uit. Hy's ewe gehoorsaam buitentoe, want hy't geweet sy praat nie oor grootmenssake voor die kinders nie.

"Kom, ons loop af rivier toe," het sy gesê en in die paadjie voor hom uit geloop.

Hulle het onder die groot ou wilgerboom op die wal gaan sit. Voor hulle het die bruin waters verbygekabbel, en om hulle was die getjirp en gefluit van voëls. Die vinke was aan't nes bou in die takke wat laag oor die rivier hang.

"Salmon, kyk vir my, moenie kop wegdraai nie. Kyk in my oë as ek met jou praat. Ek wil diep uit my hart uit praat, en ek wil nie môre moet oorpraat nie. Jy praat so 'n praat een keer en dan praat jy hom klaar.

"Jy ken my storie: dat my oupa Barend 'n witman was en

my ouma Nama en dat hy haar dour anderkant Ploegberg by haar mense gaan afvat het. Dis hoekom my oë blou is soos 'n witmens s'n. My ouma het nie lank gehou nie, en later jare, toe my pa al jongman was, het my oupa met 'n witvrou getrou en 'n klomp kinders by haar gehad. Ek en daai kinders het saam grootgeraak hier op Grootderm, en dis waar ek geleer het van die vloek wat op jou rus as daar 'n bietjie bruin kleur in jou vel is. Jy is altyd tweede, jy is altyd agter, jy is altyd laaste. Daar is deure waar die witkind kan instap, maar jy moet omdraai. Ry jy met die motorkar, is jou plek op die agterseat, en ry jy met die lorrie, sit jy agter op die bak. Die enigste keer wat jy voorgestoot word, is wanneer die vuilwerk gedoen moet word. As die loon betaal word en die kos uitgeskep word, kry die witman die eerste en die meeste.

"Ek het myself geblo dat ek my oupa se wit kinders sal wys dat ek nêrens vir hulle sal agterstaan nie. Alles wat hulle doen, sal ek net so goed doen, en nog beter ook. Ek het dit reggekry ook, maar wat my neus in die kraalmis gesmeer het, was die skool. Toe die meester die skool op Grootderm kom begin het, kon húlle gaan en ék moes buite bly. Toe het ek geweet die vloek van 'n bruin vel is te groot om van jou af te skud. Barend Goosen se wit kinders het my verbygegaan en my hier teen die rivier agtergelaat. Daar was vir lank 'n wrok in my hart, en as dit nie vir jou en ons kinders was nie, sou daai wrok my binnegoed weggevreet het.

"Maar Salmon, ek het geleer daar is één manier waarop ons byna gelyk met die witman kan kom, en dis met geld. As jy voor die toonbank staan, praat jou geld net so hard as sy geld. Dis hoekom ek wil hê ons moet spaar. Want dis geld wat ons van die witman kan losmaak. Eerwaarde praat al lankal van die plan wat Kleurlingadministrasie glo het om plasies langs die rivier aan hardwerkende Namafamilies te gee. As daai kans kom, moet ons hom gryp. Ons kan nie lees of skrywe nie, maar ons kan met bokke werk en ons kan lusern plant. En ons kan tel. Gee vir ons 'n plasie en voor jy kan sê akkedis se stert loop ons met ons koppe in die lug. Dan hoef ons nie meer van smôrs tot saans 'ja, baas' en 'nee, baas' en 'asseblief, baas' en 'dankie, baas' te sê nie. Maar as daai kans kom, moet ons 'n geldjie in die boek hê, of die kans loop by ons verby."

Salmon het diep gesug. "Ja, Katryn . . . Ek weet hoe jy voel, en soos jy voel, so voel ek ook. Maar wys vir my één Namafamilie wat 'n eie boerdery begin het en wat nie kort voor lank maar weer bakhand voor die witman moes gaan staan nie."

"Ja, Salmon, ek weet. Maar dis omdat hulle nie 'n posboekie met 'n klompie geld in gehad het nie. Toe hulle gereedskap vir die tuine moes koop, was daar nie geld nie, en toe hulle aanteelvee moes koop, was daar nie geld nie. Of dit nou 'n witman of 'n bruinman is, as hy 'n boerdery aan die gang wil sit sonder 'n paar ekstra oulappe in die sak, is dit so goed hy ry die woestyn in op 'n kameel wat nie vooraf water gesuip het nie.

"As ek spaar, my man, moet jy my help. Maar voor jy my help, moet jy verstaan, dis hoekom ek nou die ding met jou kom bepraat het. Ons spaar solat ons eendag op ons eie plek kan staan, ons én die kinders."

Salmon het lank na haar gesit en kyk, en toe sy twee swaar, eelterige hande op haar skouers gesit. "Ek het nie soveel geloof in die goewerment se planne soos jy nie, Katryn, maar ek het 'n groot geloof in jóú. As die kans kom wat jy van praat, moet jy maar die kopwerk doen, ek en die kinders sal ons lywe gee. Met ons lywe sal ons werk vir so lank as wat die liewe Here krag in ons sit."

Sy was skoon bewoë van dankbaarheid. "Ek weet, my man," het sy sag gesê. "Op die lywe van Salmon Jonis en sy kinders is daar nie 'n lui haar nie."

"Ja, en die paar lui hare wat daar was, het jy uit ons uitgehel."
Dit het haar laat lag, en sy het haar arms om sy nek gesit en hom styf vasgedruk.

Ná haar ma se dood het hulle die huisie op Grootderm opgegee en afgetrek Kortdoorn toe, na die sinkhuis waar Katryn grootgeword het. Hulle moes soggens vroeër opstaan om invaltyd by die werk te wees, maar hulle het nie omgegee nie. Hulle boktroppie was nou al stewig, en die vier kinders het hulle kant gebring met die versorging van die vee. Naweke het hulle almal van vroeg tot laat in haar ma se tuinerye gewerk. Met die geld wat hulle gespaar het, kon Katryn 'n paar aanteelooie en twee ramme bykoop.

Met die terugtrek Kortdoorn toe was daar net een vlieg in die salf: Abraham Klink. Want dis waar hy en sy gesin hulle onlangs tuisgemaak het, die sagsinnige antie Sophy en Koos en Joey, die twee kinders. Nou het Katryn ontdek hoe lyk die gevaarlikste vyand wat 'n mens kan hê. Hy lyk soos 'n onskuldige engel. Hy trek vir hom 'n kleed van goedheid en skynheiligheid en onskuldigheid aan en hy doen hom voor as die verontregte en die vals beskuldigde. Só 'n vyand was Abraham Klink.

Die Klinke was hakskeenbyters, hulle was sluipers in die nag. Koos en Joey was hulle pa se meelopers. Eers was dit net 'n bietjie moeilikheid hier en daar: 'n gat wat in die groentetuin se takskerm gemaak is sodat die bokke kon inkom en die tuinery vertrap; 'n messteek in elkeen van die waatlemoene en spanspekke as hulle net-net bekwaam raak vir pluk; kooksels boontjies in die nag gepluk; pampoene en skorsies afgebreek en stukkend gegooi; druiwetrosse gestroop van die ranke.

Leivore is gebreek, waterpype is stukkend gesny en die pomp wat haar pa nog gekoop het en waarmee hulle oor baie jare water na die lusernland gepomp het, het sand in sy sump gekry. Die bokkraal se hek is oopgemaak sodat die diere uitgekom en weggedwaal het. Of die lammerhok is helder oordag oopgelos sodat die lammers die ooie voor melktyd uitgesuip het.

Daar was geen bewyse nie, nie 'n enkele voetspoor nie, maar sy het geweet wie die skuldiges was. Elke keer het sy Port Nolloth se polisiestasie toe gebel en gesê sy wil 'n klag lê vir saakbeskadiging of betreding, maar elke keer is sy droëbek gelos. Sy het sersant Koekemoer oor en oor gesmeek dat die polisie moet kom help, maar hulle het nie een maal gekom nie.

Tot die sersant op 'n dag gesê het as sy nog één keer bel, sal hy haar kom oplaai en haar toesluit.

"Op watter klag nogal?" het sy gevra.

"Op die oomblik weet ek nie," het hy op haar geskree, "maar teen die tyd wat ek op Kortdoorn kom, sal ek baie klagtes uit-gedink het!"

Maar as jy 'n mens van die Richtersveld die seerste wil slaan, moet jy skade aan sy boktrop aanrig. Op 'n dag is een van die duur ramme wat Katryn met spaargeld uit die posboekie gekoop het, gevang en sy teelkliere afgesny.

Hierdie keer het sy die polisie op Springbok gebel. Sy het haar saak mooi verduidelik en die adjudant het gesê hy sal sorg dat Port Nolloth die saak ondersoek. Eers 'n week later kom ser-sant Koekemoer op Kortdoorn aan. Toe is sy klaar dreunlyf oor die lang gewag, en sy laat hom dit ook verstaan.

Sy het vir hom die hele kwessie met Abraham Klink uitgelê en al die voorvalle op haar vingers afgetel: dat dit twaalf jaar gelede begin het met die ontering van haar pa se graf, en die afgelope jaar die verwoesting van hulle tuinerye, die pomp wat gesaboteer is, die verskriklike skade aan haar boktrop.

Hoe meer sy verduidelik dat dit die Klinke se werk is, hoe meer stry die sersant met haar oor "bewyse". Maar hy is darem daar weg om die Klinke te gaan ondervra.

Met die terugkom sê hy vir haar daar is geen bewyse nie, hy sal die saak moet sluit.

Toe vlam sy op soos 'n asbos en toe is dit die een woord op die ander.

Later het die sersant op haar geskree: "Jy is 'n liegbek en 'n kwaadstoker, Katryn Jonis! Jy lieg van goeie en ordentlike mense, mense wat nie 'n kooipister in die pad sal doodtrap nie! Hulle harte is seer en die trane loop oor hulle wange dat jy sulke bose goed van hulle kan dink en om dan nog daarmee polisie toe te hardloop! As jy my óóit weer hierdie slegte stuk sandpad van Port Nolloth af laat ry agter so 'n verdomde spul leuens aan, gooi ek jou agter in die wên en sluit jou vir 'n maand in 'n sel sonder venster op. En dan laat ek jou hierdie hele sestig myl met die voet terugloop. Weet jy waarvoor ek nou lus het? Ek het lus om jou nóú agter in die wên te laai en jou voor Abraham Klink te gaan afgooi sodat jy hulle om verskoning kan vra."

Dit was die laaste strooi. Sy het haar vinger in Koekemoer se gesig gedruk en teruggeskree.

"Vat aan my vir enigiets anders en ek sal met jou saamgaan, maar vat aan my om voor Abraham Klink te gaan kruip, dan vat jy aan die hel se vuur! Skiet my lyf vol gate en dán vat jy my, anders slaat ek jou dat jy sal lyk of jy jou in 'n gekweste tier vasgeloop het. As Katryn Jonis verkeerd was, sal sy verskoning vra, maar nie vir 'n skynheilige duiwel soos daai man nie. Hoor jy vir my vandag: ek sal nóóit voor Abraham Klink gaan kruip nie!"

Sy onthou nog hoe die sersant teruggedeins het, en die skok en verontwaardiging op sy gesig dat sy so met hom durf praat het. Op daardie oomblik het sy geweet dat sy van hom 'n vyand gemaak het. Dit was eers later dat sy besef het hóé groot en hóé dodelik die vyand was.

Dit het nie gehelp om by bure en vriende te kla nie. Sy het

agtergekom dat die mense hulle nie wou glo nie. In die oë van die mense langs die rivier was Abraham Klink met sy winkelbakkies 'n goedige oompie, en die veel jonger antie Sophy die gaafste mens wat jy jou kan voorstel. Ook op Koos en Joey was daar nie 'n speld te steek nie, goed gemanierde en voorbeeldige kinders.

Eendag het die ouderling selfs met Katryn en Salmon kom praat. Hy het hulle ernstig vermaan en hulle aangesê om na Kuboes te gaan en vir eerwaarde Schmidt te vra om vir hulle te bid sodat die duiwel wat haat in hulle harte saai, uit hulle lewe sou wyk.

. Hoofstuk 2 .

VANOGGEND IS DAAR NET EEN ANDER vrou in die sel oor. Dié
lê rugkant en slaap. Waar Katryn regop teen die koue muur sit,
dink sy aan die Here. Maar haar gedagtes oor die Here is nie
lekker gedagtes nie.

Sy is opstandig, en as die drang om te twis deurbreek, pre-
wel sy: "Ag, Here, as jy net nie so van my af wil wegraak nie!
Partykeers voel dit tog of jy hier rond is, maar as ek dan my
hande na jou uitsteek, raak jy net so weer weg. Kom staan dan
net een slag voor my dat ek jou met my oog kan sien en in jou
oog kan kyk, dan kan ons mos hierdie ding wat jy oor my en
my familie gebring het, uitpraat. Ek weet hoekom jy aanmekaar
jou rug vir my draai as ek jou soek. Dis omdat ek vir jou kwaad
is. Maar kom en kom sê nou vir my, Here: wie se skouers moet
die skuld vir hierdie kwaadwees dra? Jy sal moet erken, Here,
dat jy nie reg gemaak het met ons Jonisse nie. Eers het jy my en
Salmon se harte laat oorloop van blydskap en geluk. Maar Here,
jy kan mos nie stry dat ons Jonisse ook ons kant gebring het nie.
Elke Nagmaal was ons in die kerk op Kuboes. Gaan vra maar
vir eerwaarde Schmidt of Katryn ooit 'n Nagmaal gemis het. En
Here, jy sal onthou ons het nie leëhand Kuboes toe gegaan nie.
Van ons vetste lammers en kapaters het ons saam aangeja vir die
kerk. Maar ons loop nog so die regte pad, die Godvresende pad,

toe begin jy ons te treiter. Jy gaan haal eintlik daai gespuis Klinke Kortdoorn toe en jy kom sit hulle teenaan ons neer. So gee jy vir Abraham Klink die kans waarvoor hy vir twaalf jaar gewag het: om vir Katryn Jonis, nageslag van Willem Goosen, soos die duiwel te vervolg. Ek vra weer, Here, soos ek al so baie gevra het: Wat het ons gemaak om sulke haat te verdien? Jy weet my pa was 'n goeie mens, Here, en ek perbeer mos ook. Waar was jy toe alles net slegter en slegter gegaan het, tot op die dag wat ek in die poeliesbakkie van my mense af weggery is om hier in die tronk te kom sit en wag op die galgtou?

"Waarom, Here? Kom staan net 'n slag hier by my en dan vertel jy vir my wáárom. Is dit oor Joey se voorkind dat jy hierdie verskriklike ding oor my laat kom het? Ek weet ek het verkeerd gedoen, Here, maar niemand nie, veral nie jy wie se oog orals kan sien nie, kan my daarvoor verkwalik nie. Ek kon nie anders doen as wat ek gedoen het nie, en as die kans nou weer voor my gelê word, sal ek net dieselfde doen."

Hulle het nog in Salmon se enkelkamer op Grootderm gebly toe sy die ontdekking gemaak het oor die oppratery. Die vrou wat die voorman se seuntjie oppas, was dié dag siek en toe laat haal die wit voorman haar van die lande af om sy vrou te gaan help met die kind. Katryn het dit al vantevore gedoen en het daar niks van gehou nie, want die kind was woelig en stout. Sy sou eerder die hele dag met 'n graaf in die warm son werk as om kind op te pas.

Met die intrap het die ma haar georder om buite te gaan loop met die kind. Sy is af rivier toe met hom en by een van die kuile het sy hom gewys hoe om kluite en stokkies in die water te gooi. Twee plaaswerkers het op die wal verbygeloop en toe sy omdraai en hulle groet, hoor sy 'n geskree agter haar. Sy was net betyds om te sien hoe die kind onder die bruin modderwater verdwyn.

Gelukkig was die twee manne goeie swemmers. Hulle het skoene en klere uitgepluk, ingeduik en na die kind begin soek. Dit was nie lank voor hulle hom gekry het nie, maar vir haar het dit soos 'n ewigheid gevoel. Toe die mans die liggaampie uitbring, was daar geen teken van lewe by die kind nie. En toe gebeur dit: sy kry die snaaksste gevoel oor haar hele lyf, 'n gloeiende warmte wat deur haar loop soos 'n stroom.

Sy het die kind se hande gegryp en met hom begin praat. Sy het gepraat en gepraat en vir hom gesê om teen die dood te stry en die lewe terug te vat. Een oomblik het die woorde deur haar tande gesis en die volgende oomblik het sy op hom geskel en woorde in sy ore geskree. Vir 'n lang tyd het sy aangehou sonder dat iets gebeur, en toe het sy skielik gevoel hoe die krag uit haar lyf na die kind toe begin vloei. Die kragstroom het al sterker geraak en eensklaps het die kind regop gesit en sy oë oopgemaak.

Die twee mans het die hele tyd stomverbaas gestaar. Sy onthou hoe sy teen die wal probeer uitklim het met die kind in haar arms, maar sy was te lam en haar knieë het onder haar geswik. Die mans moes haar daar uithelp.

By die huis het sy vir die witvrou gesê die kind se klere is nat omdat hy in die leivoor gespeel het. Die vrou kon sien sy is siek; sy het haar 'n kopseerpil gegee en haar huis toe gestuur. Daar het sy op die bed neergeval en geslaap tot Salmon die middag van die werk af gekom het.

Die nuus het gou deur die hele Richtersveld versprei: dat daar weer 'n opprater onder die Namavolk was. Dat sy, Katryn, met dié spesiale gawe gebore is, het sy in haar dag des lewens nooit kon dink nie.

Toe sy nog 'n kind was, het sy haar ma baie keer uitgevra oor die hele ding van die opprater – altyd net 'n vrou – en dan het haar ma gesê dis iemand wat met 'n baie sterke krag in haar gebore is.

"Watse krag?" het sy gevra.

"Dis 'n krag wat sterk genoeg is om 'n mens gesond te maak en uit die dode terug te bring."

"Maar wie gee vir haar daai krag, Ma?"

"Niemand weet nie, nie eens die opprater self weet dit nie. Sy sal vir jare die krag met haar saamdra en nie daarvan weet nie, tot sy dit op 'n dag verskriklik nodig kry en 'n sterwende mens gesond sal praat. Van daai dag af weet sy dat sy 'n opprater is, en die volk weet wie hulle nuwe opprater is. 'n Opprater werk net met jong kinders, sy mors nie asem op ou en sieklike mense nie."

"Is dit 'n soort kerkding?"

"Nee, dit het niks met kerk te doen nie. Hulle sê as jy hoor hoe die opprater raas en skel en die kind slegsê, sal jy weet dis nie 'n kerkpraat nie. Al ding van oppraat wat almal wat dit gesien het vir jou sal sê, is dat daai krag nie 'n bietjie krag is nie, hy's soos 'n weerligstraal. Kinders by wie jy die oggend nie meer die asemhaling kon sien nie, speel teen die aand weer met hulle maters. Die gesond word is ook nie 'n halwe gesond word nie. Die kind blý gesond en hy raak groot."

"Het Ma al self so 'n oppratery gesien?"

"Nee, maar jou ouma het my vertel hoe jou oumagrootjie haar broer se kind opgepraat het nadat 'n geelslang hom gepik het. Almal het gedink die kind is al dood, want die twee-twee gaatjies van die slang het so gesit in sy gesig en teen sy nek. Sy het die voormiddag begin praat en oor die middag gepraat en aangehou praat tot die son al begin koel raak het. Toe staan die kind net so op om by die ander kinders te gaan speel. Hulle sê sy was so moeg dat hulle haar huis toe moes help en sy het geslaap tot die volgende dag."

Ná die storie met die voorman se kind is Katryn al oor 'n tyd gevra vir die oppraat van 'n sterwende kind. Dit was harde en senutergende werk wat haar gespanne en moeg gemaak het.

Eenkeer het hulle twee kinders binne 'n week na haar gebring, en daarna was sy so swak dat sy 'n paar dae in die bed moes bly. Agterna het Salmon haar altyd vertel hoe dankbaar die ouers was. Daarvan het sy min geweet, want sy was te moeg ná die oppraat.

Gelukkig kon sy al die kinders help wat na haar gebring is. Sy kon almal lewend en gesond aan hulle ouers teruggee . . . behalwe Joey Klink se dogtertjie.

Dit was die dag ná die verminking van die Jonisse se spog-bokram, en die kwaad het nog soos 'n vuur in Katryn gebrand. Ant Sophy Klink het dié Sondagoggend met Joey en die mei-siekindjie by hulle huis aangekom. Toe Katryn die bodeur oop-maak, was haar oë nog so geswel van die huil dat sy byna nie die twee Klink-vrouens herken het nie.

"Asseblief, antie Katryn," het Joey gesmeek, "asseblief, asse-blief, help gou!"

"Wat is dit?" het Katryn gevra.

"Dis my pa, antie. Hy't vir Lenatjie op die melkwa gevat en sy't uit sy hande onder die wiel geval. Maak gou, antie!"

Binne-in Katryn was dit 'n bakleiery. Aan die een kant wou sy die kind help soos sy nog elke kind gehelp het wat hulle na haar toe gebring het. Aan die ander kant het haar verbittering teen die Klinke soos sooibrand in haar keel opgestoot. Maande se treitering en lyding en vernedering het deur haar kop geflits. Sy sien weer haar bloeiende stoetram wat soos 'n hoender in die reën by die kraal staan, sy balle teen sy lyf afgesny.

Toe sê sy: "Waar's jou pa? Hoekom het hy nie self met sy kleinkind gekom nie? Of wil hy nie op die werf kom waar hy 'n duur ram se teelkliere afgesny het nie? Vat jou kind terug na jou pa toe en sê vir hom hý het haar doodgemaak. En sê vir hom Katryn Jonis sal nie 'n woord spreek voor hy nie self voor haar kom staan lat hierdie kwaad uitgepraat kan raak nie."

Joey het gehuil en gesmeek en ant Sophy het gehuil en ge-smeek.

Toe het ant Sophy op Katryn begin skel en gesê: "Oppraat-krag is nie joune nie, dis die Namas s'n. Elotsê het dit vir jou gegee en jy mag dit nie van 'n Namakind terughou nie."

Maar Katryn se besluit was finaal.

"Dit weet ek, en ek sal my krag van geen Namakind terug-hou wat voor my gebring word nie. Maar vir die kleinkind van Abraham Klink gebruik ek dit nie – dit kan julle maar sê vir enige Nama in die Richtersveld wat my wil aanhoor. En as Elotsê sy krag van my wil wegvat, moet hy dit maar doen. Ek het hom hoeka nie daarvoor gevra nie."

Die volgende môre het hulle die tyding gekry dat Joey se kindjie gesterf het.

Die mense, en veral die ouer vrouens, het vir Katryn baie kwalik geneem. Hulle het vir ou ant Siena gestuur om met haar te kom praat. Sy onthou die antie se woorde asof dit gister was.

"Die oppraatkrag is nie joune om te gee en terug te hou soos jý wil nie, Katryn. Dit behoort aan al die Namas. Jy is net die uitgesoekte een na wie die mense kan kom as hulle hulp nodig het."

"Ek stry nie, antie. Ek weet dat die krag aan al die Namas behoort, en ek sal dit gee aan elke Nama wat daarvoor kom vra. Maar solank die krag in my liggaam is, sal geen Klink iets daar-van kry nie."

"Jirre, Katryn! Hoe kan jy met gevoude hande staan en kyk dat 'n onskuldige kind sterwe? Dis mos haat wat so praat!"

"Ja, antie Siena, haat uit die hel uit. En as jy wil weet hoe daai haat uit die hel uit losgekom het, gaan vra vir Abraham Klink. Hý het dit daar gaan uithaal."

Die antie het opgestaan om te loop. "Ek verstaan jou nie en ek verstaan nie die haat tussen jou en die Klinke nie. Maar onthou net: as daar 'n dag kom wat dit voel of die Here en al sy mense die rug op jou gedraai het en die eensaamheid jou wil doodwurg, dink aan wat jy aan Joey Klink se dogtertjie gedoen het."

Dié woorde het haar groot laat skrik, en sy het soggens benoud opgestaan en holrug deur die dag geloop soos sy gevrees het vir die straf wat haar sal tref. Maar vreemd, in plaas van straf het die wonderlikste seën kort daarna oor die Jonisse gekom. Sy sal nooit die oggend vergeet wat mister Vlok, wat nou al bestuurder op Grootderm was, vir haar en Salmon na sy kantoor ontbied het nie.

Saam met hom in die kantoor was 'n vreemde man. Mister Vlok het hom voorgestel as 'n beampte van Kleurlingadministrasie. Volgens die man het die administrasie die eerste van 'n paar plase hoër op langs die rivier by Diepdrif uitgemeet, en hy het dié plaas vir hulle aangebied. Die administrasie sal hulle geldelik ondersteun om hulle daar te vestig.

Die man het nog lank gepraat en toe het hy gesê: "Maar Salmon en Katryn, daar is één ding wat julle moet weet: Alles wat ek vandag hier vir julle aanbied, sal tot niet gaan as julle nie bereid is om hard te werk nie. Ons is besig met 'n proefneming; ons wil kyk of kleurlinggesinne op hulle eie voete kan kom as hulle die kans kry. Ons begin by julle, en julle moet weet ek het nie sommer julle name uit 'n hoed getrek nie. Ons het lankal vir meneer Vlok gevra om vir ons 'n huisgesin uit te soek om mee te begin, en hy hou vol dat hy niemand anders ken wat hy so sterk kan aanbeveel as vir julle twee nie. Hy het gesê: 'Los die klomp net vir Katryn Jonis. As harde werk 'n familie bo kan laat uitkom, sal sý toesien dat hulle bo uitkom.'"

Die man het 'n oomblik stilgebly om die heuning behoorlik te laat trek en toe gevra: "Wat is julle antwoord? Gaan julle die kans waag?"

Katryn glimlag as sy dink dat sy nooit eens sy vraag geant-woord het nie. Sy het so aan die huil gegaan dat sy nie 'n woord kon praat nie. En natuurlik was die beste van alles dat hulle kon wegkom van die Klinke af.

Sy maak haar oë toe en voel hoe die spanning uit haar lyf verdwyn as sy dink aan daardie eerste weke en maande op Diep-drif. Langs daai rivier het hulle sweet weggegooi. Die dae was te kort, en sy en Salmon en die kinders het groot stukke van die nag gesteel om die dae langer te rek.

Baie nagte het Pietertjie haar wakker gehuil as sy bene so pyn van heeldag agter die skraper loop om beddings gelyk te sleep vir die lusern. Dan het sy sy bene met bokvet en bloekomolie ingevryf en gesê: "Ek weet jou lyf is seer, my kind, maar onthou net, hy is seer omdat jy vir jouself werk. Dis nie die witman se lande wat jy gelyk maak nie, maar jou eie lande. Soos jou lyf nou pyn, het my en jou pa se lywe baie nagte gepyn van vir die witman werk. Ons het hierdie omtes gelyk gesleep solat die witman sý lusern kon plant en sý skape en bokke vet voer en sý sakke vol geld maak, terwyl die deel wat ons gekry het nie aldag genoeg was om van kos te koop nie.

"Hou aan en hou uit. Een van die dae, as die lusern blou in die blom staan, lag ons almal. En teen die tyd dat jy aan vrouvat dink, loop jy nie meer agter 'n skraper nie, maar ry jy op 'n trekker."

Dit het elke jaar beter gegaan. Die reën het nie een jaar oorgeslaan nie, en elke winter kon hulle met hulle vee uittrek buiteveld toe. As die kos in die buiteveld min geraak het, het hulle teruggetrek Diepdrif toe. In die somermaande het die bokke aan die doringbome langs die rivier gevreet. Die slagvee wat hulle aan die myn verkoop het, het hulle met lusern vet gevoer. Hulle het ook met 'n karakoelboerdery begin, en die ka-rakoeltroppie het so mooi aangekom dat hulle gou kon begin lammers slag vir die velletjies.

Die eerste jaar op Diepdrif was sy bang vir die goedgaan met hulle. Sy het geglo dit kon nie so aanhou nie. Sy het by Salmon daarop aangedring dat hulle by elke moontlike geleentheid Kuboes toe moes gaan, na eerwaarde Schmidt se kerk toe.

"Ons moet nooit ophou om vir die Here dankie te sê nie, Salmon. Toe die Here Diepdrif vir ons gegee het, het Hy nie net vir ons voorspoed gegee nie, maar Hy het ons ook weggevat van die Klinke af. Hy het ons dubbeld geseën."

Later het haar vrees verdwyn en sy het begin glo dat dit nooit weer sleg sal gaan nie. En toe dáárdie geloof op sy sterkste was, het die stroom teen hulle gedraai.

Dit het daai winter waterloop gereën. Die opslag het soos hare op 'n hond se rug gestaan en in die buiteveld was die blomme so dig dat jy nie kon loop sonder om op iets te trap nie: gansogies, gousblom, stinkkruid, sporrie, hoendermissies, hongerblom, pietsnotjies. Party dae het die blomme se soet reuk jou skoon kopseer gegee. En die vygies! Plate en plate pienk en geel en wit, só helder dat dit eintlik jou oë seermaak.

Die bokke was vet en die meeste van die ooie het tweelinge gelam. Sy kon sien hoe die kinders uitswel van bokmelk drink, en hulle het die wit bokmelkbotter op die asbrode geplak. Salmon en Pietertjie het eendag 'n vet heuningnes in 'n klipkoppie gekry en toe sê sy nou weet sy hoe dit voel om in die land van melk en heuning te lewe, nes in die Bybel.

Hulle het 'n bietjie vroeër as ander jare teruggegaan Diepdrif toe, want sy het gesê hulle moet betyds wees vir die groot Nagmaal op Kuboes. Pietertjie en die tweeling het hulle hande vol gehad met die aanjaag van die klomp vet hamels wat hulle vir die kerkbasaar gegee het.

Ná die basaar het eerwaarde Schmidt na hulle kampplek toe gekom en haar en Salmon spesiaal kom bedank vir hulle bydrae.

Met dié ruim gawe, het hy gesê, was hy verseker van sy salaris tot aan die einde van die jaar.

Maar toe hulle daardie Maandag met die donkiekar van Kuboes af op Diepdrif aankom, het die skoknuus hulle voor die bors getref soos die skop van 'n steeks muil. Kleurlingadministrasie het Bruinwater, die plaas langs Diepdrif, aan Abraham Klink en sy familie toegesê.

'n Paar dae nadat die Klinke op Bruinwater aangekom het, het twee van die lusernmiedens op Diepdrif in die nag aan die brand geslaan. Nog twee dae later het al die afgeslagte karakoelvelletjies van die droogstellasie af verdwyn. Dié dag moes sy by Salmon en Pietertjie pleit en keer dat hulle nie die Klinke met kieries gaan takel nie.

"Dis net wat hulle soek, Salmon. As jy met 'n kierie se knop aan 'n Klink raak, sal Koekemoer uit die Port kom en julle kom oplaai en vir jare en jare in die tronk laat toesluit."

Salmon was verby radeloos. "Maar Katryn, sê dan vir my wat ons moet doen. Moet ons stilsit en toekyk dat die duiwelskinders ons plaas onder ons uitbrand en ons profyt stuk vir stuk steel?"

"Ek weet, my man, ek weet hoe jy voel," het sy geantwoord. "My hart sê ook vir my ons moet die vuilgoed gaan uitmoor, maar my verstand sê vir my ons moet ons inhou. Net één baklei met die Klinke kan maak dat ons alles verloor wat ons hier op Diepdrif opgebou het. Ons moet ons vee en ons lande beter oppas en op die Here vertrou. Eerwaarde het juis nou die Sondag uit Hebreërs gelees waar die Here sê: 'My kom die wraak toe.' Ons moet glo dat die Here die boosdoeners sal bykom."

Salmon het brom-brom sy kierie langs die huis neergegooi en vir Pietertjie gesê: "Jy't gehoor wat jou ma sê. Sit neer jou kierie."

Dis in daardie dae dat sy met die Here begin twis het. Haar geloof dat Hy die Klinke vir hulle wandade sou straf, het al minder geword. Die Klinke het geen geleentheid laat verbygaan om die Jonisse skade aan te doen nie. Dit terwyl hulle boerdery gefloreer het soos die Jonisse s'n vroeër. En net soos op Kortdoorn was die Klinke gelief onder die mense, en Katryn het geweet daar was niemand by wie hulle kon kla of na wie hulle kon draai nie.

Keer op keer het sy haarself afgevra of die dag nou gekom het waarteen ant Siena haar gewaarsku het. Dan is sy maar weer af rivier toe, en in haar wegkruipplekkie onder die groot doringboom het sy haar oë styf toegemaak en die Here aangespreek.

"Here, dis darem nie mooi om so met 'n mens te maak nie. Met die een hand seën jy en met die ander hand slaan jy. Waarom het jy die Klinke so naby aan ons geplaas? Was dit dan nie van ons mooiste en vetste vee wat ons Nagmaal vir Nagmaal vir jou kerk toe gevat het nie?

"Here, as jy nog vir my kwaad is oor Joey se kindjie, hoekom het jy dan so lank gewag voordat jy ellende oor ons gebring het? Ek is jammer oor Lenatjie, Here, maar ek kan nie spyt wees oor wat ek aan die Klinke gedoen het nie. Hulle is nie jou kinders nie. Hulle sit nie eens hulle voete in jou kerk nie. En Here, jy kan mos nie vir my kwaad wees as ek 'n hou inkry op Satan se kinders nie."

Ja, dink Katryn en versit op haar matras, ek was soos Job. Min het ek toe geweet dat die Here nog lank nie klaar was met Katryn Jonis en haar familie nie.

Dit was net 'n maand later wat Doempies Pieterse op Grootderm aangekom het. Hulle het hom ontmoet toe sy en Salmon hulle maand se goedjies by die winkel gaan koop het. Agterna het sy vir Salmon gesê sy hou niks van dié man nie, hulle moet versigtig wees vir hom.

"Hy's te glad, my man, te glad van aangesig en te glad met sy bek. Het jy gesien hy kan jou nie in die oë kyk as hy met jou praat nie? Hy lyk vir my soos die soort wat jou dogter in jou huis sal kom oulik maak en ook nog die melk uit jou koffie sal steel. En Fluitjie begin juis al so rondkyk na die jongetjies."

Hoe min het sy toe geweet dat haar woorde bewaarheid sou word.

Op 'n Vrydagmiddag kom vra Fluitjie of sy vir die naweek by Elsie Cloete op Grootderm kan gaan bly. Katryn weet van g'n sout of water nie, Fluitjie en Elsie is al van kleins af groot maters. Sy sê ewe ja. Sy vermaan Fluitjie om haar te gedra en te sorg dat sy Sondagmiddag terug is, want Maandag moet hulle weer hard inval.

Sondag net voor middagete kom Fluitjie daar aan met Doempies Pieterse. Net een kyk, toe weet Katryn haar kind is nie meer die onskuldige meisie wat Vrydagmiddag by die huis weg is nie.

Haar bors wil toetrek as sy dink aan die groot baklei wat daardie Sondag op Diepdrif baklei is. Sy en Salmon het mooigepraat en geraas, maar Fluitjie het voet by stuk gehou: sy is verlief op Doempies en sy gaan by hom intrek.

"Die skande, my kind!" het Katryn geskree. "Jy bring skande oor ons huis! 'n Jongmeisie trek nie by 'n man in voor sy met hom getroud is nie."

"En hoor nogal wie praat nou," het Fluitjie parmantig gesê. "Wat het Ma en Pa dan gedoen? Ek en Pietertjie was al gebore toe was Ma en Pa nog nie getroud nie."

"Ja, maar dit was anders. Ek het jou pa geken en ek het geweet hy's 'n goeie man."

Toe het Katryn klaar die praatjies oor Doempies gehoor, maar haar onderonsie destyds met sersant Koekemoer en Abraham Klink het haar geleer om liewers haar bek te hou.

"En wat laat Ma dink Doempies is nie 'n goeie man nie? Hy's baie smarter as Grootderm se skurwevoetklonge."

"Hy kom uit die Kaap uit. Die plek waar die skollies is."

"Hoe weet Ma? Wie't vir Ma daai storie vertel?"

"Jou oupa, my kind. Hy was daar in die tronk vir diamante."

Fluitjie het spottend gelag. "Dan sou Oupa ook gedink het die mense in die Kaap is skollies. Die tronk is seker nie die beste plek om die goeie mense van die Kaap te leer ken nie. Los my uit, Ma. Moenie op my skel en vinger onder my neus hou terwyl jy self twee voorkinders gehad het nie. Ek en Doempies sal sorg dat ons getroud is voordat die eerste kinders aankom."

Katryn se hart pyn sommer weer van die onthou. Ag, hoe goed was Salmon nie vir haar op daardie verskriklike dag nie. Hy het sy arm om haar skouers gesit en haar kamer toe gevat sodat sy nie hoef te sien hoe haar lieflingdogter met die Kaapse skollie die pad vat nie.

Toe sy toe-oog op die bed lê met 'n asynlap op haar voorkop, het hy by haar kom sit en haar hand vasgehou.

Ná 'n lang stilte het hy gesê: "Ons moet kophou, Katryntjie, ons moet kophou. Ons het hard vir ons kind baklei en ons het verloor. As ons elke keer wat ons vir Fluitjie sien vandag se baklei oorbaklei, sal ons ons kind vir altyd van ons af wegja. Ons moet gaan vrede maak en ons moet vir hulle sê ons voordeur is nie vir hulle toegemaak nie. Dan kan ons 'n oog oor ons kind hou en sorg dat die man haar nie rinneweer nie."

"Jy is reg, my man," het sy gesug. "Jou kop vat vandag beter as myne. Ek sal soontoe gaan en ek sal gaan vrede maak. Maar daar is een ding wat ek vanmiddag vir jou sê: Doempies Pieterse sal waaragtig nie met my dogter trou nie. Hy kan sy kinders by haar maak, maar voor hy haar kerk toe vat vir trou moet hy eers oor my dooie liggaam klim."

Nadat sy gaan vrede maak het, het Doempies en Fluitjie byna elke naweek opgestap Diepdrif toe. Doempies het geweet hoe die Jonisse oor hom voel, maar hy het gekom. En as hulle Sondagmiddae die pad terug vat, het hulle genoeg kos vir die week saamgedra.

Hulle het 'n ongemaklike vrede gehandhaaf, tot die dag wat Fluitjie kom sê het sy verwag, en sy en Doempies beplan om met die volgende Nagmaal op Kuboes te trou.

Die woede wat Katryn maande lank opgekrop het, het op daardie oomblik oorgekook. Sy het Salmon se kalmerende hand van haar skouer af weggeslaan en vir Doempies voor die bors gegryp. Sy onthou die vrees in sy oë toe sy vir hom skree:

"Jy kan soveel kinders maak as wat jy wil, maar jy sal so waar as wat ek leef nie met Fluitjie trou en só by my familie insluip nie! Die oomblik wat julle trou, sit nie een van julle weer julle voete op Diepdrif nie."

Fluitjie se dogtertjie is later gebore, maar van trou is daar nooit weer op Diepdrif gepraat nie.

En hoe dankbaar is Katryn nie vandag dat sy nooit kopgegee het oor 'n trouery nie. Want wanneer die hofsaak begin, sal Doempies Pieterse een van die vernaamste getuies teen haar wees. Hoe verskriklik sou dit nie wees as hy haar Ma moes noem nie.

. Hoofstuk 3 .

DIE KAMERTJIE WAARIN KATRYN VIR DIE advokaat sit en wag, ruik benoud. Die vensters is oop agter die tralies, maar steeds druk die benoudheid swaar op haar bors.

Dit moet vrees wees, dink sy. Haar pa het altyd gesê vrees het 'n ruik. As jy vir 'n hond bang is, dan ruik hy dit en dan byt hy. In hierdie kamer het die vrees van baie mense in die tafel en die stoele en die mure ingetrek. Sy hoop die man kom gou.

Sy wonder nogal hoe hy sal lyk, dié advokaat. Sy hoop hy is groot en fris met 'n diep basstem. As hy praat, moet almal met respek na hom luister.

En sy hoop hy sal haar met ordentlikheid behandel. Hoe verlang sy nie na 'n bietjie vriendelikheid nie. Van sersant Koekemoer en daai platneuskonstabeltjie haar agter in die vangwa geboender het, al die pad van Diepdrif af tot hier in die Kaap, was geen mens nog vriendelik of beleefd teenoor haar nie.

Sy maak haar oë toe en bid saggies: "Ag, Here, asseblief, as hierdie man vanoggend met my kom praat, laat hy glo dat ek vir hom die waarheid vertel. En laat hy tog mooi met my praat."

Die deur gaan oop en sy ruk of 'n horingsman haar gepik het. Sy moet keer om nie hardop uit te roep nie. Nee, Here, jy kan nie dít aan my doen nie. Dis dan 'n kind! Hoe moet ek my lewe in sy hande sit?

"Goeiemôre, mevrou Jonis," sê die jong man toe hy oorkant haar kom sit.

"Goeiemôre, meneer. Kan ek vir meneer sommer aan die begin iets baie vriendelik vra?"

"Vra maar, mevrou."

"Moet tog asseblief nie vir my mevrou sê nie. Sê vir my op my naam, Katryn. In die wêreld waar ek vandaan kom, word ons nie ge-mevrou nie. As meneer nou vir my mevrou sê, dan werk dit op my senuwees."

"Goed, Katryn, as dit sal help dat ons makliker met mekaar praat, doen ek dit met graagte."

"Is meneer nou die enigste man wat my kom help?"

"Ja, Katryn, dit sal net ek wees. Ek is deur die staat versoek om pro Deo namens jou in die hof te verskyn."

"Ek ken nog nie eers meneer se naam nie."

"Ek is advokaat De Villiers."

"Dankie, meneer. Ek wil nie meneer se tyd mors nie, maar sê tog vir my wat meen daai pro-ding waarvan meneer gepraat het."

"Pro Deo beteken vir God, en vanuit 'n regsoogpunt beteken dit dat die staat die advokaat betaal. Al wat vir jou belangrik is, Katryn, is dat ek die werk gaan doen en dat jy my nie daarvoor hoef te betaal nie."

"Daarvan weet ek nie so mooi nie, meneer. My oorle' pa het altyd gesê jy moet oppas vir vernietgoed, want dis baie maal duurder as betaalgoed."

"Ek verstaan. Jy is volkome geregtig daarop om 'n advokaat van jou eie keuse aan te stel om jou saak te behartig. Dit gaan jou egter baie geld kos."

"Hoeveel geld?"

"Dit hang af hoe senior jou advokaat is en hoe lank die saak gaan duur. Die totale fooie mag honderde pond beloop."

"Se moer! Ag, askies, meneer, maar honderd pond, dis mos afgryslik, meneer! Waffer mens het soveel geld? Dit sal alles op-vreet wat ek en Salmon oor die jare bymekaargemaak het. Nee dankie, meneer, meneer moet maar aangaan."

"Nou goed, Katryn, dan kan ons maar begin. Ek dink die beste manier sal wees om by die begin te begin. Ek gaan nou vir jou pen en papier gee en dan wil ek hê jy moet alles neerskrywe wat op daardie Vrydagmiddag van Koos Klink se dood gebeur het.

"Jy moet ook vir my neerskrywe al die goed wat voor die tyd gebeur het, alles wat te doene het met die saak voor die hof."

Sy skuif agtertoe op haar stoel en trek ongemaklik aan haar kopdoek. Vee eers tydsaam haar rok oor haar bene plat.

"Ai, meneer . . . Die ding werk mos so: ek kan nie skrywe nie. Al skrywe wat ek ken, is my naam, Katryn Jonis, gebore Goosen. En meneer, om dit te skrywe, vat vir my lank."

Hy sit haar 'n tydjie stil en aankyk. Sy moet sê, hy's nogal 'n aanvallige jongetjie. Oop gesig, die wange kaalgeskeer, die geel hare netjies agteroor gekam. Deftig met die pak klere aan, wit hemp en streepdas.

"In daardie geval sal ons 'n ander plan moet maak, Katryn. Maar sê my eers: is daar enige getuies wat ons vir jou moet laat kom?"

"Van getuies weet ek nie, meneer. My man en my kinders was daar in die omte, maar daar's niks wat hulle kan vertel wat ek nie self vir die hof kan vertel nie. Hulle sal dan die hele ent pad verniet gekom het, meneer, en dis mos bitter ver. En die lamtyd kom nou aan, so hulle kan nie van die plaas af wees nie. Ek dink ons los hulle maar net waar hulle is."

"Nee, Katryn, in die hof werk dit nie so dat jy jou storie kom vertel en almal sal jou glo nie. Maar kom ons wag eers met die

getuies. Laat ek meer agtergrond oor jou saak kry en dan sal ek
besluit."

Sy kyk af na haar hande, vryf oor die eelte in haar palms. Dis
net die ding waaroor sy nog heeltyd wonder: of die hof se mense
haar sal glo.

"Wanneer begin die saak, meneer?"

"Oor 'n week van vandag af. Dis volgende Maandag."

Sy kyk op na hom toe. Nou sal sy moet mooipraat voor hier-
die witman.

"Ai, meneer, kan hulle my dan nie na 'n enkelsel toe skuif
nie, asseblief? Die bewaarderes het vir my gesê daar is sulke
selle. As die saak begin, wil ek nie tussen 'n klomp raserige
skollievroue wees nie. Ek moet dink, ek moet stilte in my ore
hê."

Hy lag 'n bietjie, 'n vriendelike lag wat sy oë laat nou trek.

"Ek verstaan, Katryn. Ek sal my bes doen om jou oorgeplaas
te kry. Ek kan niks belowe nie, die hofselle is baie vol, maar ek
sal tog 'n woordjie by die hoofbewaarder laat val."

"Baie, baie dankie, meneer."

Hy trek die bruin koffertjie nader wat nog heeltyd langs
hom op die tafel lê, knip dit oop en haal 'n bondeltjie papiere
uit.

"Katryn, daar is 'n baie belangrike keuse wat jy moet maak
voor ons verder gaan. Verkies jy om deur 'n regter en 'n jurie
verhoor te word, of verkies jy om deur 'n regter en twee assessore
verhoor te word?"

"Nou sal meneer eers die storie vir my moet uitlê. Ek weet
net van 'n regter, maar van daai ander twee het ek nog nie ge-
hoor nie."

" 'n Jurie is gewone mense wat aangesê word om na jou saak
te luister en dan moet hulle aan die einde uitspraak lewer. Die
assessore is twee persone, gewoonlik ook regsgeleerdes, wat deur

die regter gevra word om hom by te staan met die verhoor en die uitspraak."

"Die jurie, meneer, is hulle almal witmense?"

"Ja, Katryn."

"En hoeveel is hulle?"

"Nege altesaam."

"Dan vat ek die regter en nog twee manne."

"Is jy seker?"

"Ja, meneer, ek is doodseker."

"Mag ek vra hoekom?"

"Sien meneer, dit werk só: ek vertrou nie die witman nie. My eie oupa was 'n witman en hy was die eerste mens wat my geleer het dat 'n bruinmens nooit 'n witmens kan vertrou nie, al is daai witmens ook sy eie bloedfamilie. Nou as ek moet kies tussen nege witmense wat ek nie kan vertrou nie en twee witmense wat ek nie kan vertrou nie, dan kies ek die twee. Ek kan nie skrywe nie, meneer, maar ek kan reken."

Hy kyk op van die papiere in sy hand en lag slegweg.

"Ek hou van die reguit manier waarop jy met 'n ding uitkom, Katryn. Ek hoop as hierdie saak verby is, sal jy kan sê dat advokaat De Villiers darem een witmens is op wie jy kan vertrou."

"Ek hoop ook so, meneer."

Hy skuif 'n papier oor die tafel na haar en haal 'n pen uit sy binnesak, skroef die doppie af. "Hierdie is net 'n vorm wat verklaar watter soort verhoor jy verkies: regter en twee assessore. Jy moet hier jou naam teken," beduie hy en gee vir haar die pen aan.

Sy sukkel met die blink pen met die skerp nib, druk dit 'n slag regdeur die papier, maar hy wag geduldig tot sy klaar haar naam geskryf het. Hy vat die papier en sit dit saam met die ander papiere terug in sy koffertjie, druk die knippe toe en staan op.

"Ek moet nou eers gaan, maar ek sal vanmiddag weer 'n tydjie met jou kom gesels. Môre begin ons met die regte werk."

"Reg, meneer. Dankie, meneer."

Dis 'n ander bewaarderes wat Katryn die middag by die sel kom haal. Aan die son wat skuins deur die benoude kamertjie se vensters val, kan sy sien die son trek al water.

Die advokaat kom in met sy bruin koffertjie. Hy glimlag vriendelik vir haar en sy is geheel bly om hom te sien.

"Middag, Katryn." Hy haal 'n boek en 'n pen uit. "Nou gaan ons 'n bietjie gesels en ek gaan 'n paar aantekeninge maak."

Hy wag tot sy knik voor hy verder praat.

"Sê vir my, Katryn, hierdie Klink-familie: haat jy hulle?"

Die vraag vang haar half skrams in die wind. Nou sal sy moet kophou soos 'n dronk weeluis.

"Meneer, haat is nou nie 'n woord wat Katryn Jonis ken nie, want Katryn Jonis het nog nooit iemand behalwe haar wit oupa gehaat nie. Maar praat ons nou van die Klinke en hoe ek oor hulle voel, is haat nie die regte woord om te beduie hoe ek voel nie. Ek verpes die Klinke. Ek verpes hulle soos ek die tkamma verpes wat my lammertjies kom vang. Ek verpes hulle soos ek die koringluis verpes wat in 'n land inkom en alles opvreet solat jy nie 'n korrel oes nie. Ek verpes hulle soos ek die knopiespinnekop verpes wat onder die koringgerwe inkruip en jou aan die vinger byt as jy daai gerf optel. Ek verpes hulle soos ek die pofadder verpes wat in die voetpad in die stof lê en jou pik as jy daarlangs loop."

Die advokaat het lankal ophou skrywe. Sy hand met die pen in hang in die lug.

"Dis gevaarlike woorde wat jy nou daar sê, Katryn. Ons sal maar versigtig moet wees dat jou gevoelens nie in die hof na vore kom nie. Dit kan jou saak ontsettend benadeel."

"Meneer, net so min as wat die son wat opkom sy lig kan versteek, so min kan ek dit vir mense wegsteek hoe ek oor die Klinke voel."

Hy sug en skud sy kop.

"Dit moet 'n ontsettende twis tussen julle gewees het. Waar kom dit vandaan? Wie het dit begin?"

"Abraham Klink het dit begin, meneer. Die nag toe my pa sterwend aan die bloedhoes gelê het, het hy klippe op ons huis se dak gegooi en my pa en sy nageslag tot in sy graf in vervloek. Maar dit was nog nie die ergste nie. Hy het my pa se graf geskend, sy nagvuil daarop uitgemors! Waffer soort mens doen dít, meneer? Dan praat ek nog nie van al die skades wat hy ons Jonisse aangedoen het nie. Waar Abraham Klink se haat vir ons vandaan kom, weet ek nie, dit moet jy maar vir hom gaan vra. Soos ek hier sit, meneer, kan ek voor die Here sweer dat ek en my familie nog niks aan daai mense gedoen het nie. Voorwaar niks nie, behalwe dat ek nie Joey Klink se voorkind wou oppraat nie. Maar meneer, as 'n mens aan jou doen wat die Klinke aan die Jonisse gedoen het, dan moet hy nie kom oppraat vra die dag as sy kind op sterwe lê nie."

Hy kyk fronsend na haar. "Wat is oppraat?"

"Meneer, nou ja, dis 'n ding wat ek glo die mense hierlangs nie sal ken nie. Oppraat is 'n ding wat Elotsê, ons Namas se God, so een-een op 'n slag aan die Namavrouens gee. Dis 'n krag wat so sterk is dat jy 'n sterwende kind na die lewe kan terugpraat. Jy praat daai kind aan om te lewe en as jy praat en aanhou met praat, dan lig die kind sy kop op en raak hy gesond. Daai oppraatkrag is in my. Ek sal elke sterwende Namakind wat na my gebring word oppraat, maar vir Abraham Klink se kleinkind wou ek nie my mond oopmaak nie."

Dis stil terwyl die advokaat in sy boek skryf. Toe sit hy sy pen neer en kyk lank na haar.

"Jy sê jy kan nie skrywe nie, Katryn, maar een ding is seker: jy kan praat. Môre sal ons moet praat oor die moord op Koos Klink."

. Hoofstuk 4 .

TOE ADVOKAAT DE VILLIERS DIE VOLGENDE oggend inkom, dra hy sy bruin koffertjie in die een hand en 'n groot swart boks in die ander.

"Kom ons kyk 'n bietjie wat ek hier het." Hy sit die boks op die tafel neer en haal 'n vierkantige masjien uit. "Katryn, hierdie is 'n stemopnemer. Verstaan jy hoe 'n grammofoon werk?"

"Ek kan hom speel, meneer, maar ek weet nie hoe hy werk nie."

"Nou ja, hierdie ding werk amper soos 'n grammofoon. Sien jy hierdie blink draad op die rolletjies? Dis die plaat. As ek die opnemer aanskakel en jy praat in die mikrofoon, word jou stem op die draad opgeneem. As jy klaar is, neem ek alles huis toe, laat die rolletjies terugloop en vanaand sit ek rustig agteroor en luister na wat jy vertel het."

"Ek sien, meneer. Dis nogal 'n slim ding, of hoe?"

"Ja, dis omtrent handig."

Hy skuif die masjien reg en druk hier en trek daar. Toe sit hy die mikrofoon voor haar neer en beduie hoe sy dit by haar mond moet hou.

"Katryn, nou wil ek hê jy moet goed dink oor wat presies daardie Vrydagmiddag gebeur het. As jy klaar gedink het, moet jy die storie hier in die mikrofoon vertel."

"Dink is so by so nie nodig nie, meneer. Van daai middag af is dit al wat ek heeltyd doen: ek dink."

"Nou maar goed, dan is jy gereed om te begin."

Sy knik en trek haar kopdoek reg.

"Een ding moet jy baie goed verstaan, Katryn: jy moet niks uitlaat nie. As jy party dinge meer as een keer vertel, is dit heeltemal in orde. Jy moet net niks uitlaat nie."

"Ek sal perbeer, meneer."

Hy skakel die masjien aan en tel sy koffertjie op. By die deur kyk hy om en sê: "Gesels rustig, hoor, niemand sal jou steur nie. Ek kom oor ongeveer 'n uur terug."

Sy wag tot sy nie meer sy voetstappe in die gang hoor nie. Toe buig sy nader aan die mikrofoon. Sy begin praat. Sy vat die storie by sy begin en sy lê hom stap vir stap uit: alles wat die Klinke aan hulle gedoen het, van haar pa se graf desjare op Kortdoorn tot by hulle boerdery vandag op Diepdrif.

"Maar nou moet ek meneer eers van Doempies Pieterse vertel, die slegding uit die Kaap wat hom kom flaai hou het by my dogter Fluitjie. So het dit aangegaan tot Fluitjie by hom ingetrek het, en nou is Mêrie al 'n kruipkind. Soos ek geweet het, sou die neukery een of ander tyd begin. So vroeg in die jaar kom Fluitjie een middag huil-huil met Mêrie by die huis aan en sê sy kan dit nie langer uithou by Doempies Pieterse nie. Hy het glo in die laaste tyd sakke vol geld wat sy nie weet waar hy dit kry nie, maar daarvan sien sy en die kind niks. Hy hang alles aan sy lyf op, en as sy vir hom geld vra vir nodiggeite, sê hy sy moet vir haar ma geld vra. Solank haar ma meen hy's te sleg om met haar te trou, moet haar ma maar sorg dat sy en haar kleinkind kos in die maag kry.

"Mister Vlok het glo vir Doempies 'n baaisiekel uit die Port uit gebring en met dié ry hy baie middae daar weg en dan sien sy hom eers weer die volgende dag. Toe sal sy uitvind sy kuierplek is by die Klinke op Bruinwater. Sy't hom ingevlieg daaroor, toe sê hy die Klinke is goeie mense en sy moet die oorsaak van die twis tussen die twee families in haar ma se huis gaan soek.

"Meneer, ek het my dogter nie verwyt nie en ek het nie vir haar gesê dat ek haar van die eerste dag af teen Doempies Pieterse gewaarsku het nie. Ek het net vir haar gesê sy weet waar's haar kamer en sy weet daar's kos in hierdie huis. Dit was nie net lekker om my kind terug te kry nie, ons het ook 'n ekstra paar hande op die plaas baie nodig gehad.

"Ek het eers gemeen Doempies se geheul met die Klinke was net 'n nuwe manier om ons by te kom, maar Salmon het verder gedink. 'Nee, my vrou, ek dink daar's 'n heel ander duiwel aan't uitbroei,' het hy gesê. 'Neuk hulle nie dalk met diamante nie? Waar sal Doempies skielik so baie geld vandaan kry?'

"Ek het vir Salmon gesê ek sal bly wees as dít die waarheid moet wees, want in ons wêreld hou jy deesdae nie lank as jy met diamante deurmekaar raak nie. Nou-nou kom tel die diamantspeurders jou op en dan hoor of sien niemand weer van jou nie. Jammer, meneer, ek praat so lank, maar ek kom nou by daai Vrydagmiddag waarvan meneer wil weet.

"Die Klinke het ons al suffel skade aangedoen, maar daai middag . . . Ai, meneer moet tog saam met my bid dat daar nooit weer so 'n middag oor my lewe sal kom nie. Dit was al namiddag toe Sona en Lizzie af rivier toe is om te gaan water skep. Toe kom hulle vaal in die gesig aangehardloop om te sê hulle het op 'n karakoelooi afgekom wat naby die paadjie lê, die stomme ding se hakskeensenings is afgesny. Salmon en Pietertjie het die skaap keelaf gesny en huis toe gebring en toe moet ons kort voor sononder staan en slag.

"Ons is nog by die slagbank besig toe ons 'n mouterkar hoor dreun, 'n vreemde kar. Toe hy voor ons stop, het my bene so byna onder my geswik toe ek sien wie sit agter die stuurwiel.

Niemand anders nie as Doempies Pieterse. Hy skree so by die venster uit: 'Hoe's dit vandag? Hoe's dit vandag? Hoe lyk die man wat te sleg is om met jou dogter te trou vandag vir jou?'

"Meneer, ek kon hom nie antwoord nie, want van skrik het die woorde in my keelgorrel vasgeslaan. Fluitjie het hom bygeloop en geskree: 'Wie se mouterkar ry jy? Is dit die myn s'n?' Toe sê Doempies: 'Myn se moer! As ek mouterkar ry, ry ek my eie kar. Ek kom julle net wys. Jy vat my kind en jy loop uit my huis uit weg en jy vertel vir almal langs die rivier ek's te armgat om vir julle te sorg. Hoe lyk dit nou, huh?'

"Mêrie ruk toe los uit Fluitjie se hand, die armpies in die lug, en skree: 'Pa, Pa!' Sal daai vreksel nie 'n kardoes lekkers deur die venster na die kind toe gooi nie! 'Hier's vir jou niekerbôls, Mêrie. Sit een in jou mond en druk twee in jou ore dat jy nie kan hoor as jou ouma begin vloek nie,' en toe lag hy daai skollielag van hom.

"Meneer, toe ek sien hoe hy sy eie kind behandel, toe gaan my gorrel oop. Ek het net daar vir hom vertel wat ek van sy soort vuilgoed dink. Al die goed wat ek oor die jare lus was om vir hom te sê, maar stilgebly het ter wille van my kind, het ek nou vir hom gesê, tot by sy inkruipery tussen die duiwelse Klinke. Ek het na die ooi op die slagbank gewys en vir hom gesê: 'Sien jy daar, Doempies, hoe daai ooi se hakskeensenings afgesny is? Dís wat jou vriende maak met die goed waarvoor eerlike mense hard gewerk het. Gaan vertel vir Abraham Klink dat daar 'n Here is wat ook gesien het en dat die dag gekom het wat die Here hulle boosheid sal ontbloot. Ek, Katryn Jonis, ek voel dit in my binnegoed, so help my God.'

"Doempies se oë het omgedop en ek kon die skrik op sy gesig sien. Hy's met so 'n vaart daar weg dat sy kar se skopspore seker nou nog op Diepdrif se werf lê. Toe weet ek, meneer.

Daar's net een ding wat 'n man só laat lyk, en dis 'n skuldige gewete.

"Salmon en Pietertjie is toe kraal toe om te gaan melk en ek het die tweeling weer rivier toe gestuur vir water. Ek was nie lank in die kookhuis nie, toe hoor ek die meisiekinders se gille van die rivier se kant af. Toe weet ek daar's 'n groot neukery. My kombuismes met die swart hef het by my hand gelê. Dis 'n mes wat Salmon vir my by 'n Wambo gekoop het. Ek het daai mes elke dag van my lewe gebruik, vir vleis werk of groente skil of brood sny. Ek het die mes gegryp en uitgehardloop, vas in Sonatjie. 'Dis Koos Klink, Ma!' het sy gehuil. 'Hy't vir Lizzie gegryp en op die grond vasgedruk!'

"Ek het vir haar geskrou: 'Loop roep jou pa-goed by die kraal!' Toe het ek begin hardloop. So 'n ent tussen die bome in sien ek die twee: Lizzie op haar rug met Koos Klink bo-op haar. Daar maak ek toe die fout om te skrou: 'Hou, Lizzie, hou, Ma kom!' Koos het opgespring, gulp oop en sy skaamte wat uithang. Hy't soos 'n windhond tussen die bome weggeraak en ek is agterna.

"Meneer, ek erken vir meneer, en ek sal dit in die hof ook erken: die drif wat op daai oomblik in my hart was, was die drif om te moor. Wat die Klinke betref, het ek gevoel, het ek klaar met my mond gepraat. Vandag gaan ek met my kombuismes praat.

"Meneer sal nou sê 'n vroumens met 'n lang rok aan kan nie 'n man wat helfte haar jare is inhardloop nie, maar ek het daai middag gehardloop soos toe ek 'n jong meisiekind was en ek maklik 'n bokkapater van agter kon inhardloop en aan sy stert vang. Die gevoel wat oor al die jare in my hart opgehoop het teen die Klinke, oor al die dinge wat hulle aan my en my familie gedoen het, het my krag gegee. Ek het tree vir tree op Koos ingehaal en ons was al by die kraal op hulle bokwerf toe het ek hom.

"Maar meneer, nou gaan ek vir meneer 'n ding sê. Dit sal seker vir meneer moeilik wees om te glo, maar meneer móét my glo, asseblief. Die ding wat ek gaan sê, is die waarheid, so heilig en so waar as wat net die waarheid kan wees.

"Meneer, ek het nie vir Koos Klink gesteek nie. Dis nie omdat ek nie wóú nie, maar ek is platgeslaan voor ek dit kon doen. Iemand het van agter af gekom en my oor die kop geslaan dat die sterre voor my oë uitgeskiet het. Ek kan onthou dat ek geval het en dat die mes uit my hand gespat het, maar van daar af kan ek niks onthou nie.

"Toe ek bykom, was dit al donker. Ek het my oë oopgemaak en in die Klinke se bokke vasgekyk. Hulle het om my en omtrent bo-op my gestaan. Soos ek geroer het, het hulle geproes en teruggespring. Dis mos nou van 'n boerbok – hy vrek van nuuskierigheid. Behalwe vir die bokke was alles stil.

"My kop het verskriklik gepyn so in my nek af en ek het net so bly lê. Ek hoor later hoe roep Salmon en Pietertjie na my en ek het teruggeroep en hulle het my daar tussen die bokke kom ophelp. Dis toe eers wat ek wonder wat van Koos Klink geraak het. Hy't seker net bly hol.

"Ek het vir Salmon beduie van die man wat my katswink geslaan het en Pietertjie het gesê ons moet kyk vir spore. 'Vergeet van spore,' het Salmon gesê. 'Die bokke het klaar al die spore doodgetrap.' Ons is daar weg huis toe, stadig, want my kop was baie seer.

"Na 'n tydjie vra Salmon vir my waar's die mes. Ek beduie hoe die mes uit my hand gespat het toe ek geval het en hulle het omgedraai om die mes te gaan soek. Maar daai mes was dooi weg.

"Eers toe ons by die huis kom, in die lig, sien ons die bloedkol op my rok. Meneer, ek sweer voor die Here: waar die bloed vandaan gekom het, weet ek nie, en nog minder hoe dit op my rok gekom het. Maar ek het geweet dis groot moeilikheid.

"Ek het 'n verskriklike nag deurgebring. Ek het kort-kort twee Aspro's gedrink en Fluitjie het aanhoudend asynlappe op my nek gesit. Dit het so effentjies gehelp. Ek het eers teen vaal-dag aan die slaap geraak. Maar ek het net weggeraak, toe roer Salmon aan my en sê sersant Koekemoer is voor die deur. Die man is onbeskof moeilik en hy wil my dadelik sien.

"Met 'n groot gesukkel het Fluitjie my gehelp om aan te trek. Toe ek uitloop, vat Koekemoer my aan die arm en sê hy arresteer my vir moord op Koos Klink. Ek sê toe vir hom hy moet afry Baai toe en by die dokter sy kop laat bekyk.

"Hy trek toe sy lippe soos 'n hond wat wil byt. 'Nee, Katryn Jonis, met my kop is daar niks verkeerd nie. Ek het genoeg evi-dence om jou twee maal aan die galg te laat hang. Ek het ook jou mes waarmee jy jou moorwerk gedoen het.'

"Dis toe dat ek vir hom sê: 'Sersant, ek sweer op my pa se graf dat ek nie vir Koos Klink gesteek het nie. Maar as dit waar is dat my mes sy doppie geklink het, is dit die beste werk wat daai mes nog gedoen het van die dag wat hy gemaak is.'

"Hy vra my toe: 'Wanneer het jy laas jou mes gesien?'

"'Gistermiddag, sersant, gistermiddag toe ek hom in my hand gehad het en vir Koos Klink met hom gejaag het ...'

"Hy begin skree: 'O, jy erken, jy erken! Konstabel, jy't gehoor sy erken!'

"Ek sê toe vir hom hy moet voertsek, ek erken niks nie, want ek het niks verkeerd gedoen nie. 'Gee my net kans dat ek klaar praat, sersant. Ek het vir Koos Klink gejaag omdat ek hom met 'n oop gulp op my dogter gevang het, en hét ek hom ingehaal, hét ek hom vrek gesteek, maar 'n swernoter het van agter gekom en my katswink geslaan. Maak oop jou oë en kyk self hoe sit die swelsel hier op my agterkop. Ek het daar by die Klinke se kraal laaits-out gelê tot Salmon en Pietertjie my kom optel het. Daar staan hulle, vra hulle self. Gaan soek die man wat my geslaan het en dan sal jy ook die man hê wat vir Koos Klink gesteek het.'

"Sal daai moerskont nie in my gesig lag nie, meneer! 'Ek vra nie vir een Jonis om 'n goeie ding van 'n ander Jonis te rapporteer nie,' sê hy. 'Elke keer wat 'n Jonis nog met my gepraat het, het hy gelieg. Ek soek nie verder nie, ek het klaar gekry wat ek soek.'

" 'En wat is dit?' vra ek hom toe.

" 'Die moordenaar. En dis jý, jy't klaar erken.'

" 'Erken se moer,' sê ek. 'Ek het nounet vir jou gesê ek erken niks nie, want ek het niks verkeerd gedoen nie.'

" 'O ja, jy het!' skree hy. 'Jy't self gesê jy't met die mes in die hand agter Koos Klink aangehardloop. Wat is dit anders as erken? Konstabel Booi het dit ook gehoor.' Hy sê toe vir daai boesmankonstabel: 'Laai haar op, ek wil nog in die huis rondkyk.'

"Ek sê toe vir die konstabel: 'Ek is 'n siek mens en my kop is seer. Kom vat net vandag aan my, dan sal jy sien!'

"Maar meneer, daai was die laaste woorde wat ek op my stukkie grond gepraat het. Daai boesman klap my teen die kop dat ek 'n tong vuur voor my sien uitskiet. Verder onthou ek niks nie. Toe ek bykom, lê en skud ek agter in die poelieswên op pad Port Nolloth toe.

"In die poeliesstasie het hulle my toegesluit en net so gelos. Teen die aand het die sersant daar aangekom en ek het gehuil en gesoebat dat hy die dokter moet laat kom om na my nek te kyk en vir my iets te gee vir die pyn. Hy't net gelag en gesê hy mors nie 'n dokter se tyd op 'n nek wat tog een van die dae met die galgtou afgeruk gaan word nie.

"Douspoor die volgende môre het hulle my opgestuur na Springbok se tronk toe. Die swelsel aan my kop het gesak, maar my nek was nog baie seer. En anderdag het hulle my mos toe in die wên hiernatoe gebring. Ek is jammer ek het so baie gepraat, meneer, maar nou is ek klaar."

Toe advokaat De Villiers die deur van die konsultasiekamer oop-maak, sit Katryn nog by die tafel met haar kop in haar hande. Sy weet nie eens wanneer die masjien ophou gons het soos 'n by in 'n blik nie.

"Is jy klaar, Katryn?" vra hy.

Sy kyk op. "Ja, meneer."

"Nou maar goed. Ons sal hierdie week elke dag gesels. En Katryn, ek het goeie nuus vir jou. Ek het met die hoofbewaarder gepraat en hy sê hy't 'n enkelsel vir jou. Jy sal sommer vanaand al daarheen oorgeplaas word."

"Ai, dankie tog, meneer."

Sy staan op toe hy haar deur toe beduie. "Dan sê ek maar agtermiddag, meneer."

. Hoofstuk 5 .

Woensdagoggend presies om tienuur gaan die deur van die konsultasiekamer oop en advokaat De Villiers stap binne.

"Môre, meneer," groet Katryn.

"Môre, Katryn. Het jy goed gerus?"

"Ja, sommer voorstebos, meneer. Ek sê maar weer dankie dat meneer my laat wegvat het van daai skollievrouens af."

Die advokaat, vanoggend met 'n spoggerige blomdas aan, kom sit regoor haar en haal sy pen en notaboek uit sy koffertjie.

"Ek wil heel eerste 'n bietjie agtergrond kry, die omgewing waar jy bly en jou mense en so aan. Is dit reg so?"

"Dis reg, meneer."

"Hoe oud is jy, Katryn?"

Sy sit vorentoe. "Ek is mos in neëntien-sestien gebore, meneer, op Koninkryksdag, die eerste Jannewarie. Oe, my mame het altyd vertel hoe vreeslik warm dit daai dag was. Ek was mos die eerste kind, so my mame het swaargekry."

Hy maak 'n vinnige sommetjie op sy notaboek. "Goed, so jy's nou drie-en-veertig. Nou wil ek weet waar jy bly. Ek het nogal deurmekaar geraak met al die name."

Sy knik. "Ek sal vir meneer dit mooi uitlê. Ek het grootgeraak op Kortdoorn, wat duskant Grootderm lê, en dié lê so nege myl noordoos van die Baai af."

"Dis nou Alexanderbaai, waar die diamantmyn is?"

"Ditsem, meneer, maar die Baai is mos ASD se myn. Ons het vir CDM gewerk, dis mos nou De Beers. Hulle myn is oorkant die rivier, in Suidwes, maar die plaas is duskant by Grootderm. Ons Namas roep vir Grootderm "Kai |Gûis, na die dikderm, want die rivier maak mos so 'n draaitjie daar. Dis nou die plaas wat sorg vir vleis en melk en groente en so aan vir die mynmense. Nou dis waar ek en Salmon gewerk het voor ons ons eie plasie by Diepdrif gekry het."

"Reg, nou verstaan ek."

Die advokaat trek sy koffertjie nader en haal 'n lêer uit. Hy maak dit oop en toe hy opkyk, kan sy sien hier's nou 'n onlekker ding aan die kom.

"Katryn, ek het gisteraand na jou verklaring geluister en dit vanoggend laat tik. Hier's nog baie dinge wat nie vir my duidelik is nie, en daaroor sal ons nog moet praat. Maar ek moet jou waarsku dat ek baie bekommerd is."

"Hoe nou, meneer? 'n Mens kan mos nie bekommerd wees oor die waarheid nie. Wat ek op daai masjien gesê het, is die waarheid, die heilige waarheid. Ek het alles vertel nes dit daai middag gebeur het."

"Ek mag jou glo, maar of die hof jou sal glo, is 'n ander vraag. Kom ek noem vir jou enkele dinge wat teen jou gaan tel. In die eerste plek het jy 'n motief gehad."

" 'n Watse ding?"

"Motief is 'n mens se rede om iets te doen. Jy het self vir my gesê dis vir jou onmoontlik om weg te steek hoe jy oor die Klinke voel. Die sersant sal vir die hof vertel van die jare lange twis tussen julle families en dat jy vele klagtes teen die Klinke gehad het. Dan kom ons by die moordwapen. Daar sal getuienis wees dat dit jóú mes is. Jy het self erken dat jy in 'n woedebui agter die oorledene aangehardloop het met die opset om hom te steek. 'n Paar uur later is sy liggaam vol meswonde langs die rivier gevind. Jy sê dat jy bewusteloos geslaan is voordat jy hom gesteek het. Wie het dit gesien? Jy het nie 'n enkele getuie om jou verduideliking te staaf nie."

"Maar dis nog steeds waar, meneer, dit sweer ek voor die Here."

Hy kyk stil na haar. Dan sug hy diep.

"Weet jy wat die hof sal wil weet, Katryn? Die hof sal wil weet as jy, die eienaar van die mes en die laaste draer daarvan, nie die steekwerk gedoen het nie, wie het dit dan gedoen? Jy sal my van so 'n persoon moet vertel. As jy nie die moord gepleeg het nie, sal ons die regte moordenaar móét vind, anders het jy nie veel van 'n kans nie."

"Die regte moordenaar het my oor die kop geslaan, meneer. Hárd geslaan solat my kop en nek dae lank gepyn het."

"En jy het geen getuies wat dit kan staaf nie. Jou man en jou seun het dit nie sien gebeur nie, daar was geen spore van so 'n aanvaller nie. Teen die sersant se getuienis tot die teendeel sal julle weergawe moeilik deur die hof aanvaar word."

Daar volg 'n lang stilte. Katryn se oë loop vol trane. Dan sê sy sag: "Die waarheid, meneer. My storie is die waarheid. Eerwaarde Schmidt het uit die Bybel gepraat toe hy gesê het die waarheid sal oor die leuen seëvier."

"Dit is so, maar as die waarheid in hiérdie geval wil seëvier, sal hy van iewers af hulp moet kry. Dink na oor wat ons gesels het, dan kom ek vanmiddag weer en dan kyk ek of ons iets kan uitwerk."

Katryn lê op haar rug in haar sel met haar hande agter haar kop. Sy staar met wyd oop oë na die gloeilamp teen die dak. Die advokaat se pratery het haar omgesukkel. Toe sy hom die eerste keer onder oë had, het sy gedink hy's te jonk vir die werk, maar soos hulle gepraat het, het haar opinie van hom verander. Maar vanoggend het hy gelyk soos een wie se lus vir baklei sommerso oornag opgedroog het. Sy kon in sy oë sien en sy kon aan sy praat agterkom dat hy nie die storie glo wat sy daar in die masjien in vertel het nie.

Weet die man dan nie dat hierdie geveg nie om 'n stukkie kos in die pot gaan nie, maar om haar lewe? Die man wat vir haar lewe baklei, moet ten minste lús lyk vir baklei. Haar pa het altyd gesê jy moenie vir ander mense 'n ding wil laat glo wat jy self nie glo nie.

Nee, met so 'n halfwas besigheid kan sy haar nie ophou nie. Nie as dit om daai sleghalter van 'n Abraham Klink gaan nie.

Sy sal hierdie saak mooi moet bedink.

Toe die advokaat die middag die kamertjie binnestap, is sy reg vir hom. Hy val ook sommer dadelik met die deur in die huis.

"Katryn, ek gaan vanmiddag 'n paar vrae aan jou stel. Ek gaan hulle stel soos die staatsaanklaer hulle heel moontlik aan jou gaan stel. Dan kyk ons hoe jy anderkant uitkom."

"Meneer kan vra net wat meneer wil, maar voor meneer weg-trek, wil ek net eers 'n paar goedjies vir meneer vra."

Hy lyk verbaas oor sy hom wil bespring soos 'n kat wat 'n muis gewaar het, maar hy sê heel inskiklik: "Alte seker, vra maar."

"Glo meneer dat ek onskuldig is?"

"Dis moeilik, Katryn . . ."

"Moeilik glo is altevol soos glad nie glo nie. En as meneer nie vir my glo nie, dan kan meneer ook nie vir my help nie."

"Stadig nou, Katryn, stadig. Dis nie wat ék glo wat saak maak nie. Dis wat die hof gaan glo wat saak maak."

"O nee, meneer, meneer maak 'n fout. Dis wat meneer van-dág glo wat saak maak. Ek het gemeen meneer staan aan my kant. Vandat die poelieste my daar op Diepdrif gaan optel het, was daar nog niemand aan my kant nie. Nou sê ek vir meneer: as meneer nie glo dat ek onskuldig is nie, wil ek nie vir meneer aan my kant hê nie. My pa het altyd gesê jy moet nooit saam met iemand baklei wat nie geloof in jou saak het nie, want dan het jy klaar verloor."

Sy weet sy het raak geskiet toe sy gesig rooi raak. Hy rem aan sy kraag asof die boordjie hom wurg.

"Dit lyk vir my ons is nou besig om reguit met mekaar te praat, daarom sal my woorde ook reguit wees. Met die storie wat jy gister vir my vertel het, het jy géén kans om jou saak te wen nie. Al lyk ek miskien vir jou te jonk, het ek self 'n paar jaar vir die staat aangekla. Met daardie ondervinding wat ek opgedoen het, tesame met die ondervinding wat ek aan die Balie opgedoen het, beskik ek oor 'n redelike vermoë om 'n saak op te som. Ek kan vir enigeen sê of 'n saak 'n geringe kans het om te slaag, of dit 'n sterk kans het om te slaag, en of dit 'n hopelose saak is. Jou saak beskou ek as 'n hopelose saak. Ek kan my goed voorstel hoe die staat, saam met die polisie en die klomp staatsgetuies, die saak vir die hof gaan aanbied. Daarom het ek besluit om met 'n voorstel na jou te kom."

"Nou laat ek hoor, meneer?"

"Ek wil voorstel dat ons skuldig pleit."

Haar asem fluit deur haar keel, want dit voel geheel of hy haar met één hou winduit geslaan het.

"Ons pleit skuldig en dan vra ons die hof om genade. Ek sal onmiddellik aansoek doen dat jy vir sielkundige waarneming verwys word. Ek is oortuig daarvan dat enige sielkundige in jou guns sal getuig as hy gehoor het van die manier waarop die Klinke julle geteister het. Ek sal alles in my vermoë doen om die hof oor te haal om 'n ligter straf op te lê . . . dit wil sê gevangenisstraf."

Katryn lig haar op uit haar stoel. Sy druk op haar hande en leun oor die tafel tot sy die jong advokaat reg in die gesig kyk. Sy kan sien hy moet hom inspan om nie terug te deins voor haar nie. Dan praat sy.

"Meneer, ons praat mos nou vandag reguit met mekaar. So nou wil ek ook reguit met meneer praat en meneer moet maar vergewe as my woorde nie so soetjies kom nie. Ek sê vir meneer: genade se gat. Het meneer my mooi gehoor? Ek sê genade se gat! Katryn Jonis loop liewer 'n honderd maal galgstok toe voordat sy genade vra oor 'n Klink wat sy nié doodgesteek het nie."

"Wag nou, Katryn, jy moet . . ."

"Ek is nog nie klaar nie, meneer. Gaan sê vir die mense van die staat Katryn Jonis het nie jóú hulp of enige ander advokaat se hulp nodig nie. Ek sal voor die halsregter gaan staan en self my saak verdedig. Ek soek nie hulp van 'n man wat my nie wil glo as ek vir hom die waarheid vertel nie. Nog minder het ek die hulp nodig van 'n man wat my vra om voor die halsregter te gaan staan en lieg dat ek skuldig is, terwyl ek dit voor die Here nie is nie."

Hulle meet mekaar met die oë, en hy is die een wat eerste wegkyk. Sy kom regop en vee haar hande aan haar rok af.

"Ek sê dankie vir meneer se vriendelikheid. Meneer is die eerste mens wat my vriendelik behandel het van die dag wat ek van my huis af weggevat is. Ek sê baie dankie dat meneer vir my die alleensel gekry het, maar nou hoef meneer my nie verder te help nie."

"Is dit jou laaste besluit?"

"Dis my laaste besluit, meneer. Katryn Jonis sal self in die hof vir haar lewe gaan baklei. As sy verloor, sal sy weet dis oor haar eie slegtigheid en nie oor 'n ander man se slegtigheid nie."

Hy trek sy das reg en tel sy koffertjie op.

"Ek sal Maandagoggend hof toe kom om jou besluit aan die regter oor te dra. Die regter wat jou saak sal waarneem, is regter Lukas te Doorn."

"Dis reg so, meneer. Dan sê ek maar agtermiddag, meneer, want dan sien ons mekaar mos weer."

Katryn lê op die ysterkatel op haar rug. Haar hande klem mekaar op haar bors vas. Haar oë is styf toe, maar sy is helder wakker. Dis Sondagaand. Rondom haar raak die rumoer van die tronk stadigaan stiller.

Met al die krag wat sy kan bymekaarmaak, veg sy teen die swaarmoedigheid wat dreig om haar oor te raak. Sy was al vele male in haar lewe plat teen die grond, maar min nog was sy so plat soos wat sy vanaand is.

Toe sy Woensdagoggend vir die advokaat gesê het dat sy nie sy hulp nodig het nie, het sy sterk soos 'n leeu gevoel. Sy het gewens die saak kon sommer dadelik begin sodat sy daardie klomp leuenaars aan die strot kon gryp en hulle rondskud dat hulle tande klap.

Maar sy het die afgelope tyd hier in die koue sel van voor af moes leer dat die tronk 'n plek is wat jou gees breek. Die eensaamheid, die vrees en die tralies wat jou inhok, gooi jou plat teen die grond. Nou is dit net die gedagte aan haar pa wat maak dat sy nie op 'n hoop bly lê om te dooi nie.

Sy dink terug aan die dag toe sy huilend van haar wit oupa se huis af gekom het. 'n Vreemde mouter het voor oupa Barend se huis stilgehou en sy en Poppie Dirkse het oorlams nadergehardloop om te kyk wie dit was. Eers het Oupa die mense ingevat voorhuis toe en weer uitgekom om hulle te sabanner. Hy het haar so hard aan die arm gegryp dat sy seergekry het.

"Julle hotnoskinders moet ophou om groothuis toe te hardloop nes julle 'n ryding sien aankom. Ek wil dit nie weer sien nie! 'n Hotnoskind moet klein-klein leer om nie vir hom 'n plek tussen die witmense te kom soek nie. Geepad hier weg! En julle bars as julle weer hier op die werf kom lastig raak as ek kuiermense het."

Haar pa het stil na haar storie geluister en haar toe op sy skoot getel en styf teen hom vasgedruk. Hy het lank so gesit voordat hy begin praat het.

"My kind, as jy die dag met 'n bruin vel gebore word, moet jy weet dat daar in die lewe vir jou baie beledigings en onregverdigheid wag. Waarom dit so is, kan Pa nie vir jou sê nie, want ek verstaan dit self nie. Al wat Pa van jou vra, is om nie voor die terugslae te gaan lê nie. As die terugslae van die lewe kom en hulle slaan jou so hard dat jy op die grond bly lê, sal dit nie 'n skande wees nie. Die skande kom wanneer jy vanself gaan lê. Dis vandag die groot fout met ons bruinmense: die lewe druk hulle, maar hulle druk nie terug nie. Hulle gaan sommer lê. Dis die rede hoekom die witman met die bruinman kan mors soos hy wil.

"Laat Pa jou vandag raad gee, my kind. Moenie voor die witman se beledigings gaan lê nie. Laat elke belediging jou leer om sterk te wees en op jou tande te byt. Geen mens kan sy voet op die nek sit van 'n man wat regop staan nie. Hy sit dit net op die nek van die man wat lê."

Dis asof sy sy geliefde stem nog kan hoor en die trane loop stil oor haar wange.

Ja, my pa, antwoord sy hom in haar kop, ek het hard geperbeer en ek het vas gestaan. Jy het self gesien hoe ek by die witkinders bygehou het. Daar was niks wat hulle kon doen wat ek nie net so goed gedoen het nie.

Maar Pa, die ding het gekom by die skool. Die dag toe hulle skool toe is en ek moes agterbly en skaap oppas en water lei, het ek begin om uit te sak. Pa weet ek kan nie lees of skrywe nie.

Môre moet ek in die hof ingaan en voor hulle met my begin, sal hulle boeke oopmaak en daaruit lees en alles wat gesê word, sal hulle neerskrywe en later teruglees. Maar ék sal vir my lewe moet baklei sonder 'n pen of 'n stukkie papier in my hande.

Ek is bang, my pa. Jou meisiekind is vanaand so bitterlik baie bang. Maar ek blo vir Pa dat ek sal baklei soos Pa vir my geleer het om te baklei. Ek sal maak soos Pa altyd gesê het: "Moenie die baklei met harde woorde begin nie. Hou hulle vir later. Praat saggies en praat vriendelik en maak eers die ander man grus. Hy moet dink jy speel met hom en julle speel nog so, dan gryp jy hom aan die keel."

As hierdie hofbesigheid verby is en Pa kyk na my en Pa sien ek lê plat in die stof, moet Pa één ding weet: jou dogter lê omdat die swaar vir haar te veel geraak het om te dra, nie omdat sy sonder 'n baklei gaan lê het nie.

. Hoofstuk 6 .

REGTER LUKAS TE DOORN BESTEE DIE EERSTE halfuur van sy werksdag daaraan om die hofrol van die Maandag se strafsitting deur te kyk. Toe sy klerk, Ansie de Wet, die hofrol vir hom bring, lees hy dit vlugtig deur.

Die eerste saak is teen 'n kleurlingvrou van die Richtersveld op 'n klag van moord op 'n jong man van 'n buurplaas. Advokaat François de Villiers tree namens die verdediging op en die twee assessore is afgetrede landdroste. Gelukkig nie 'n jurie nie; hy verkies dit om saam met dié twee ou manne te werk wat behoorlik onderlê is in die reg.

Regter Te Doorn weet hy geniet die agting van sy kollegas, maar vanoggend, terwyl hy voor die groot venster van sy kantoor staan en uitkyk na die blou hange van Tafelberg, is hy bewus daarvan dat die óú vrees deesdae weer op sy maag kom sit. Daar broei en gedy dit, gereed om na sy stembande op te styg en sy spraak te verlam. Dit het begin ná die hewige botsings tussen hom en Leona. Hy wou hê sy moes haar sosiale bedrywighede inkort en meer tyd saam met Tinkie deurbring, maar Leona het volstrek geweier. Al die uitstappies na Kaapstad se deftige winkels en die daaglikse teedrinksessies saam met haar vriendinne by Stuttafords is net soveel meer opwindend as om aandag te moet gee aan haar tienjarige dogter.

Regter Te Doorn sluit sy oë en wil homself om te ontspan. Niemand weet van die vrees wat sy jeugjare oorheers het nie – die gevolg van voortdurende botsings met sy dominerende moeder. Hulle het baklei oor alles: oor die kos wat hy geëet het en oor die klere wat hy aangetrek het, die boeke wat hy gelees het en die musiek waarna hy geluister het. Maar hulle grootste botsings was oor sy vriende. Uiteindelik het hy moed opgegee en sonder vriende grootgeword, want nie een van sy maats het dit meer as een maal by sy huis gewaag nie.

Toe hy in standerd nege was, het hy agtergekom dat hy stadig maar seker besig was om die oorhand te kry wanneer hulle stry. Hy het sy ma uitgelok en met opset dinge gesê om haar seer te maak. Terselfdertyd het die vrees in hom gegroei. Dit het begin as 'n brandkol op sy maag, maar die pyn het gou na sy keel opgestyg en sy stembande aangetas. Terwyl hy nog vol veglus was en sy verstand besig was om argumente te formuleer, het sy stembande geweier om die woorde voort te bring.

Dit het oor en oor gebeur, en dit was vir hom 'n nagmerrie. Saam met die nagmerrie het die nuwe vrees gekom. Nie vrees vir botsings nie, maar vrees vir sy onvermoë om homself te verweer.

Wrewel het soos 'n klipstapel in hom opgebou. Die liefde waarna sy moeder so gesmag het, het hy van haar weerhou. Sy wou vir haar seun die beste in die lewe bied en hy wou dit nie aanvaar nie, want hy wou sy eie keuses maak.

Gedurende sy derde jaar op universiteit het hy werk as tydelike staatsaanklaer by die landdroshowe gekry. Van toe af het hy omtrent nooit meer huis toe gegaan nie, want hoe langer hy van sy ma af weggebly het, hoe flouer het die pynkol op sy maag geword. In sy laaste jaar op universiteit is sy ma oorlede, en toe haar kis in die graf afsak, was die pyn op sy maag weg. Hy het geglo dat die vreesgedrog in hom vir ewig saam met haar begrawe is.

Die skok van die terugkeer van hierdie vrees uit sy jeug het hom soos 'n donderslag getref. Hy het 'n paar dae verlof geneem en na 'n stil hotelletjie aan die Weskus gegaan om tot verhaal te kom. Daarna het hy hom stelselmatig aan Leona onttrek om enige konfrontasie te vermy, en hy het self meer tyd en aandag aan Tinkie begin gee. Wanneer moontlik glip hy vroeg weg op Vrydagmiddae om haar na die ruiterskool te vergesel.

Hy sug diep toe hy op sy horlosie kyk. Dis tyd dat hy in die hof kom.

Katryn se seldeur word oopgesluit en 'n vriendelike bewaarderes stel haarself voor. "Ek is sersant Snyders. Jy sal vir die duur van die hofsaak onder my toesig wees. Kom asseblief saam."

Katryn staan op van die kooi en trek haar kopdoek reg. "Ek kom, sersant."

Die sel onder die hofsaal is yskoud. Die koue maak die vrees in Katryn nog erger. Sy sluk aanmekaar om die naarheid op haar maag terug te hou. Van vroegoggend af sê sy die teks waaroor eerwaarde Schmidt so dikwels gepreek het oor en oor op: "Roep My aan in die dag van benoudheid en Ek sal jou uitred."

Hier is nou vir jou 'n plek van benoudheid. Dit voel of die angs van die menigte mense wat hier deurgegaan het, bly vassteek het en nou met sy volle gewig op haar rus. Sal die Here in dié plek kan inkom? wonder sy. Hy moet seker, want Eerwaarde sê Hy is oweral. Maar as Hy hier is, gewaar sy Hom nie. Ag, as Eerwaarde net vir 'n ou rukkie hier kon gewees het om vir haar een van sy kragtige gebede te doen.

Sy gaan staan teen die tralies en dan sien sy die trappies waar sy netnou moet uit – hof toe. In elke trappie is daar 'n holtetjie. Sy wonder hoeveel bewende bene die benoude lywe al daar opgedra het.

Sy knyp haar oë toe en bid: "Ag, liewe Here, ek moet netnou

daar uitklim. Laat my bene tog sterk wees en help my om so te loop dat die mense nie aan my loop kan sien hoe bang ek is nie."

Die praat met haar hemelse Vader laat haar beter voel. Vir die eerste keer vanoggend voel dit vir haar of daar 'n bietjie krag in haar kom. Sy gaan sit op die bankie oorkant teen die muur. Nou is dit mos net vir sit wag.

Toe sersant Snyders 'n rukkie later naderkom om die sel oop te sluit, staan Katryn op en wag haar in, haar rug regop. Maar toe sy haar eerste voet op die trap neersit, wil-wil sy terugbeur soos 'n halsstarrige donkie. Sy gaan haal asem diep onder in haar lyf en stuur nog 'n skietgebedjie op: "Here, hulle kan maak met my wat hulle wil, maar Here, gee vir Katryn Jonis krag dat haar kop voor niemand in die Kaap hang nie."

Net toe gee die sersant haar 'n ligte stampie in die rug. Katryn swaai om.

"Sersant, die dag wat ek nie hierdie trap kan klim nie, sal ek sê help my. Maar jy moet nooit weer in my rug druk of ek 'n kind is nie, asseblief, sersant."

Sersant Snyders lyk eers doodverbaas, maar dan knik sy.

"Ek is jammer, hoor, ek sal nie weer nie. En Katryn, sterkte vir dit wat voorlê."

"Dankie, sersant."

Hulle loop in 'n gang af tot by 'n swaar houtdeur. Die sersant druk die deur oop en beduie Katryn moet inloop.

Toe sy in die beskuldigdebank gaan staan, voel sy hoe 'n honderd oë na haar staar. Vir 'n oomblik is die hof doodstil, dan hoor sy 'n sagte gesuis van stemme. Sy maak haar ore toe en bekyk die meubels van donker hout, die mooi uitgekerfde houtpanele teen die mure.

Dit lyk mos soos die doodkis waarin hulle my oupa begrawe het, dink sy. Barend Goosen sou nie regop sit in 'n grondgraf soos 'n Nama nie.

Nou eers kyk sy vorentoe. 'n Klomp mans in swart maneljasse sit of staan rond. Sy herken vir advokaat De Villiers. Met dié dat hy haar oog vang, staan hy op en kom nader.

"Môre, Katryn."

"Môre, meneer."

"Staan dit nog vas by jou dat ek jou nie moet help nie?"

"Dit staan vas, meneer."

"Ek hoop jy besef wat jy doen."

"Ek verstaan, meneer. Dis my baklei hierdie en ek gaan hom alleen baklei."

"Dis nie heeltemal die soort baklei waaraan jy gewoond is nie."

"Daar is meneer nou verkeerd, met permissie gesê. As die honde 'n rooikat in 'n hoek vaskeer, dan draai hy om en dan baklei hy vreeslik, want hy weet hy baklei vir sy lewe."

"Ek weet, Katryn, maar jy moet verstaan dat so 'n baklei heeltemal verskil van die baklei wat hier in die hof baklei word. Jy wil nou kom baklei op 'n terrein wat jy glad nie ken nie."

"Dan sal ek net moet leer, meneer."

"Ek hoop jy leer vinnig, en ek wens jou sterkte toe."

"Dankie, meneer." Sy beduie na die man aan haar oorkant. "Is daai een met die maneljas nou die vervolger?"

Die advokaat kyk om na waar sy wys en gee so 'n grimlaggie. "Jy bedoel die een met die swart toga? Ja, dis meneer Joubert, die staatsaanklaer. Hy gaan die staat se saak behartig."

Sy knik. "Nee, maar dis reg, meneer. Ek sal hom goed bekyk."

Net toe advokaat De Villiers op sy plek gaan sit, kom daar so 'n kordaat klein mannetjie vorentoe.

"Stilte in die hof!" skree hy so hard dat Katryn ruk van die skrik.

"Opstaan," fluister advokaat De Villiers.

Sy staan op en staar na die drie mans wat stywebeen soos

sekretarisvoëls die hofsaal binnekom en hulle plekke op die regbank inneem. Haar oë bly vasgenael op die jonger man in die middel met die rooi mantel aan. Is dít hoe die halsregter lyk, die een wat oor haar lewe gaan beslis?

Sy bekyk hom fyn: die gesig wat voorkom of hy min lag, die hare glad agteroor gekam, die ligblou oë. Die man lyk of hy ongelukkig is, dink sy, dit lyk of daar iets is wat aan sy derms vreet.

Dan skud sy die gevoel van haar af, net so vinnig as wat dit opgekom het. Dis seker maar haar verbelentheid.

Die staatsaanklaer kom op die been en spreek die hof toe. Hy stel dit dat die staat Katryn Jonis aanklaar van die moord op Koos Klink op 3 April 1959. Die oorledene het gesterf weens meswonde aan sy liggaam en die staat sal vervolgens bewys dat die beskuldigde die wonde toegedien het.

Toe hy gaan sit, staan advokaat De Villiers op.

"U Edele, dit is deur die Balieraad van Kaapstad aan my op-gedra om in pro Deo-hoedanigheid namens die beskuldigde te verskyn. Nadat ek lank en indringend met die beskuldigde gekonsulteer het, het sy my meegedeel dat sy nie in my dienste of in die dienste van enige advokaat belangstel nie. Dit is haar begeerte en haar besluit om haar eie verdediging waar te neem. Ek het haar herhaaldelik op die erns van die situasie gewys en het vanoggend weer eens my dienste aangebied, maar sy het dit met die grootste beslistheid van die hand gewys. Ek vra hiermee die toestemming van die hof om my aan die verrigtinge te onttrek."

Toe advokaat De Villiers gaan sit, is dit doodstil in die hof-saal. Nie 'n mens roer nie, nie 'n voet wat skuif of 'n hoes agter 'n hand nie.

Regter Te Doorn sit stadig sy pen neer. Hy vou sy hande saam en kyk na Katryn.

"Het ek die advokaat vir die verdediging korrek gehoor,

mevrou Jonis? Is dit jou begeerte om jou eie verdediging waar te neem?"

Toe sy die regter hoor praat, weet sy dat haar sien met die eerste sien reg was. Sy stem klink soos een wat in die noute is, asof hy ingehok is, en sy weet dat sy vir so 'n man katvoet moet loop. Die mense langs die Gariep sê nie verniet dat jy nie 'n ding wat swaar op jou hart lê vir Katryn Jonis kan wegsteek nie. As jy met haar praat, weet sy as daar iewers 'n fout is.

"Your Honour het reg gehoor," antwoord sy. "Ek het niemand se hulp nodig nie."

"Weet jy iets van die prosedure van die hof af?"

"Your Honour moet een ding verstaan, en dis dat ek 'n eenvoudige mens is. Ek het nooit skool geloop nie. Ek het net vir 'n paar dae na die kerk se klasse op Kuboes gegaan, waar ek geleer het om my naam te skrywe. Ek kan nie lees nie en 'n hoë woord soos prosedure ken ek nie. As Your Honour met my praat en Your Honour wil hê ek moet verstaan, moet Your Honour maar net die plat Afrikaanse woorde sê."

Sy sien hoe die regter se nek styf trek soos hy hom vir haar erger.

"Prosedure beteken eenvoudig hoe dinge in 'n hof gedoen word, mevrou Jonis. Hoe een ding op 'n ander volg. En spreek my asseblief aan as U Edele."

"Jammer, Your Honour, ek meen, U Edele. Maar moet asseblief tog nie vir my mevrou sê nie. Niemand het nog vir my mevrou gesê nie behalwe hier in die tronk in die Kaap. Net so min as wat ek in die Kaap wil wees, wil ek ge-mevrou wees. In ons wêreld word net witmense mevrou geroep. Sê vir my Katryn, en as ek die woorde Katryn Jonis hoor, dan weet ek nou praat U Edele met my."

"Goed, Katryn Jonis. Is dit nou vir jou duidelik wat prosedure beteken?"

"Ja, ek weet nou wat dit meen, maar ek moet voor U Edele erken dat ek nie die binnekant van 'n hof ken nie. Daarvoor is ons Jonisse te goed opgevoed. Maar ek sal fyn kyk hoe dinge hier gedoen word en ek kan vir U Edele sê ek leer vinnig."

Die regter draai na advokaat De Villiers. "Meneer de Villiers, uit my kort gesprek met die beskuldigde verstaan ek u posisie. U word verskoon van die saak. Verlof word aan die beskuldigde verleen om haar eie verdediging waar te neem."

Hy kyk na Katryn. "Met die aanvang van die verrigtinge het jy gehoor wat die staat se klagte teen jou is. Hoe pleit jy daarop?"

Advokaat De Villiers wys met die oë sy moet opstaan, en sy kom gehoorsaam op haar voete.

"Onskuldig, U Edele."

"Sal jy aan die hof verduidelik wat die basiese punte van jou verdediging gaan wees? Of laat ek dit eenvoudiger stel: Hoe wil jy aan die hof verduidelik dat jy onskuldig is?"

"Ek sal vir U Edele die regte storie vertel. Die regte storie sal die reine en heilige waarheid wees en ek sal vir u sê waar die ander mense lieg. Ék sal nie hier voor U Edele kom staan en lieg nie. Ek sal nie stry dat die mes waarvan gepraat word my mes is nie, en ek sal nie stry dat ek die Klinke haat nie. Ek wens hulle was almal vrek en veral die ou pa, ou Abraham, wat my en my familie al vir jare so treiter en vervolg. Ek sal ook nie stry dat ek vir Koos Klink met die mes gejaag het nie en dat ek nou skuldig hier sou gestaan het as ek hom net kon bykom. Maar U Edele, so voor die liewe Here wat nou na my kyk, ek het hom nie gesteek nie. Want voor ek hom kon steek, is ek oor die kop geslaan en ..."

Die regter hou sy hand op.

"Ek dink jy het nou eers genoeg verduidelik. Ek plaas dit op rekord dat jy onskuldig pleit. Jy mag sit. Jy sal later die geleentheid kry om jou saak volledig te stel. Meneer Joubert, u kan voortgaan met die getuienis."

Die staatsaanklaer staan op. "Die staat roep sersant Koekemoer."

Katryn sien nou eers die sersant, wat heeltyd skuins agter haar gesit het. Vuilgoed, dink sy. Met watter liegstories sal jy vandag hier in die Kaap kom?

Sy luister met aandag terwyl hy die eed sweer dat hy die waarheid en niks anders as die waarheid sal praat nie. Dan gee hy sy volle naam, sy rang en die stasie waar hy werk. Hy praat met 'n helder stem, maar aan sy stem kan sy agterkom dat hy bang is. En sy gesig is rooi soos die belle van 'n kalkoenmannetjie.

Toe begin die sersant met sy getuienis. Hy vertel hoe die polisiekantoor op Port Nolloth die nag van 4 April 'n oproep van die plaas Bruinwater ontvang het. Hy het kleurlingkonstabel Arrie Booi gaan oplaai en hulle het na Bruinwater gery. Op die plaas is hy ingewag deur meneer en mevrou Abraham Klink, die ouers van die oorledene, asook meneer Doempies Pieterse, skoonseun van die beskuldigde.

Katryn spring op. Sy moet die reling van die beskuldigdebank vasgryp om te sorg dat sy in haar hokkie bly.

"Hy's g'n my skoonseun nie!" skree sy. "Kind maak by my dogter maak hom glad nie my skoonseun nie! Ek het vir hom gesê hy sal my eers moet kop afsny en oor my dooi lyf klim voordat hy met my dogter kan trou."

Konsternasie bars los op die besoekersgalery, mense lag en praat deurmekaar.

"Stilte in die hof! Stilte in die hof!" bulder die hofordonnans.

Bo van die regbank af sê regter Te Doorn: "Die beskuldigde sal nie uit haar beurt praat nie."

"En wanneer is my beurt?" skree Katryn. "Moet ek stilsit

en bekhou as daar liegstories van my gepraat word? Nee, Your Honour, nie Katryn Jonis nie."

Die regter verhef sy stem: "Die beskuldigde sal geleentheid gegee word om te praat, maar intussen moet sy stilbly en haar beurt afwag."

"Beurt afwag vir sulke liegstories? As 'n man sê ek is daai agterdeursuiper se skoonma, dan hoor hy op die plek van my."

Regter Te Doorn steek sy arms voor hom uit en leun terug in sy stoel. Reg van die begin af is daar iets aan hierdie vrou wat hom geweldig hinder. Haar skerp blou oë herinner hom aan iets of iemand.

'n Suising kom in sy ore en hoendervleis slaan op sy vel uit toe hy besef wat gebeur: die kol op sy maag is terug. En dis nie 'n speldeprik nie. Dit het in 'n pynlike steek gekom en onmiddellik deur sy hele liggaam gesprei.

Die woedeflitse in hierdie vrou se oë – dit lyk presies soos sy ma se oë.

Sweet pêrel op sy voorkop terwyl hy stotter: "Me-me-me-vrou Jonis . . ."

Hy trek diep teue asem in en voel hoe sy hartklop bedaar. Bly kalm, vermaan hy homself. Jy is in die hof en alle oë is op jou. Bly net kalm en hou die spanning van jou keel af weg.

Toe hy weer begin praat, is sy stem sagter. Hy moet hierdie vrou se humeur ontlont, hy moet sorg dat sy afkoel en stilbly.

"Katryn Jonis, ek moet jou ernstig vermaan om jou te gedra. Dis nie nodig om op te spring en uit jou beurt te skree nie. Ek sál jou 'n kans gee om te praat. Wees verseker dat ek in hierdie hof sal toesien dat jy 'n regverdige verhoor kry."

Maar in plaas daarvan dat dit haar kalmeer, lyk dit of sy woorde olie op die vlamme is. Haar kop ruk op en nou spoeg haar oë behoorlik vuur. Hy voel hoe vrees opnuut deur hom spoel.

"Regverdig! As ek daai woord hoor, wil ek op die plek naar raak. Probeer u nou wragtag vir my vertel dat 'n bruinmens regverdigheid in 'n witman se hof kan verwag? Praat daai woord op die plekke waar net witmense is, want dis net witmense wat dit sal glo. Vandat hierdie selfde sersant wat nou met sy heilige gevreet in die hof staan my siek lyf voor my mense kom gryp het, het ek minder regverdigheid gesien as wat daar reguit hare op 'n Nama se kopvel is."

Regter Te Doorn voel die oë van almal in die hofsaal op hom. Hy weet elkeen wag dat hy moet reageer, dat hy moet optree, dat hy hierdie skellende vroumens moet stilmaak. Vervaard lig hy hom half uit die stoel uit op. Hy probeer praat, maar sy stembande weier en net 'n krapgeluid kom uit sy keel.

Voor hom praat Katryn Jonis voort asof die duiwel in haar gevaar het.

"Kom laat ek vir U Edele vertel wie ek is, solat ons mekaar van die begin af mooi kan verstaan. My oupa was 'n witman en my ouma was 'n Namavrou. Hy het haar nie getrou nie, maar haar net van haar mense af loop wegvat. Toe sy dood is, toe trou my oupa met 'n witvrou.

"Ek het saam met my oupa se witkinders grootgeraak, en daar het ek gesien hoe lyk die witman se regverdigheid teenoor 'n bruinmens. Eerste is vir die witkind gegee, en van dit wat uitgedeel is, het die witkind altyd die beste gekry. Ons klere was die ou goed wat die witkinders opgedra het. Die witkinders het op katels geslaap en ons bruinkinders het op die vloer geslaap waar die vlooie ons opgevreet het.

"En toe die witkinders skool toe geloop het met blink winkelskoene aan hulle voete en boeksakke op die rug, moes ons bruinkinders agterbly om tuine te skoffel en boklammers op te pas. Teen die tyd wat die witkinders na Springbok se hoërskool toe is om verder te leer, het ons bruinkinders nog net geweet van graafspit en bokwerk en kon nie een sy naam skrywe nie. Ek vra: klink dit vir u soos regverdig? Die witman kan regverdig wees, maar dan moet daar net nie 'n hotnot in sy pad kom nie."

Die vrou swyg. Haar wange gloei en haar oë blits, terwyl haar skouers styg en val soos haar asem jaag.

Regter Te Doorn suig diep teue lug in. Met groot inspanning forseer hy die woorde uit: "As die beskuldigde haarself nie kan beheer en haar beurt afwag om te praat nie, sal ek haar uit die hof laat verwyder."

Katryn se gesig wys haar skaamte; die uitbarsting is verby.

"En wie sal dan my saak baklei, U Edele?" vra sy sag. "Met die een asem praat u van regverdig en met die volgende asem praat u van wegjaag. U en my oupa is dieselfde mens."

Regter Te Doorn het genoeg gehad. Hy draai na die staatsaanklaer.

"Meneer Joubert, tref asseblief reëlings om orde te skep. Sodra u gereed is, kan u my in my kantoor kom spreek."

Hy staan op en stap uit sonder om weer na die beskuldigde te kyk.

Toe hy sy kantoor binnegaan, gee Ansie de Wet net een kyk na sy natgeswete gesig.

"U lyk nie gesond nie, regter, u is spierwit! Kan ek nie vir die dokter vra om net vinnig te kom inloer nie? Hy kan gou u bloeddruk meet en iets vir u voorskryf."

"Asseblief nie, Ansie. Gee vir my twee hoofpynpille en 'n glas water en dan gaan roep jy vir meneer Joubert."

Toe die klerk uit is, neem die regter 'n vel papier en begin daarop skryf. Hy onderteken dit, maar nie so swierig soos gebruiklik nie, vou die vel toe en plaas dit in 'n koevert. Hy verseël die koevert sorgvuldig.

Die klerk bring vir hom die pille en water en hy oorhandig die koevert aan haar.

"Dankie, Ansie. Jy weet mos waar die firma privaatspeurders in Adderleystraat is? Gaan gee die koevert vir die hoof daar en beklemtoon dat hulle die opdrag dringend moet uitvoer. Hy moet geen koste ontsien nie."

Hy bly sit agter sy lessenaar toe sy uitstap, sy kop in sy hande. Hopelik sal hy binnekort weet of daar iets in sy vermoede steek. Hy het in sy kinderjare sy grootouers aan moederskant selde gesien, en nooit as volwassene nie, maar sover hy weet, woon daar steeds van die familie op die plaas by Malmesbury. Hy moet uitvind of daar nog kinders was behalwe sy ma, en wat van hulle geword het.

Iemand klop aan die deur. Hy sit vinnig regop en vee oor sy gesig.

"Kom binne!"

Die staatsaanklaer stap in en regter Te Doorn kom dadelik op sy voete.

"Meneer Joubert, hoe kon jy so iets in my hof toelaat?"

"Ek is jammer, regter, maar met respek: wat kon ék doen om dit te verhelp?"

"Jy moes seker gemaak het van die feite van jou getuie! Soos jy kan sien, sit ons met 'n beskuldigde wat histeries voorkom, om die minste daarvan te sê. Die vrou is soos 'n kruitvat wat enige oomblik kan ontplof. En sy wil boonop haar eie verdediging behartig! Sorg asseblief dat daar nie 'n herhaling van vanoggend se voorval is nie, verstaan ons mekaar?"

Die staatsaanklaer se gesig raak rooi. "Ek verstaan, regter. Ek sal my bes doen."

"Goed, dan kan ons nou hervat."

Terug in die hof lyk die klomp nuuskieriges in die galery opgewonde en geselserig, maar die beskuldigde lyk besonder bedees. Voordat regter Te Doorn die staatsaanklaer aan die woord kan stel, kom sy regop en steek haar hand in die lug.

"Ja, mevrou Jonis?"

"U Edele, as ek my sleg gedra het, dan wil ek net vir die hof askies vra. Ek is jammer ek het tussenin gepraat. Die sersant kan nou maar praat en ek sal stilbly tot my beurt kom om hom in te vra. Net een ding, U Edele: vra hom tog asseblief om nooit weer te sê dat Doempies Pieterse my skoonseun is nie."

"Ek is bly jy sien dit so in, mevrou Jonis. Jou beurt om vrae te stel aan die getuies sal jy vir seker kry. Onthou net dat daar altyd orde in 'n hof moet wees. As ek mense toelaat om uit hulle beurt te praat, sal elke hofsitting uitloop op 'n geskree en geskel op mekaar. Daarmee sal ons nêrens kom nie. Enigiemand wat deur die hof gevra word om stil te bly en nie gehoor gee nie, kan gevra word om die hof te verlaat. As jy my dwing om sover te gaan, sal die hof 'n advokaat aanstel om jou saak te kom behartig, en dit wil ek nie doen nie. Ek het reeds met meneer Joubert gepraat, en die getuies sal nie weer na getuie Pieterse as jou skoonseun verwys nie."

"Dankie, U Edele, ek leer nog aan die prose- . . . prosedúre."

Katryn gaan sit. Sy hou die sersant in die getuiebank dop. Dis duidelik dat die lang wag hom nie goed gedoen het nie. Sy kan op sy gesig sien hoe op sy senuwees hy is.

"Sersant Koekemoer," begin die staatsaanklaer, "herhaal asseblief voor die hof wie jy op die oggend van 4 April op die plaas Bruinwater aangetref het."

"Die ouers van die oorledene en meneer Doempies Pieterse, wat die vader is van die beskuldigde se oudste dogter se kind, het ons ingewag."

"Is daar iets aan julle uitgewys?"

"Ja, beslis."

"Vertel volledig aan die hof wat aan julle uitgewys is."

Sersant Koekemoer maak keel skoon en val weg: "Ek het meneer Klink en meneer Pieterse na die Klinke se bokkraal naby die rivier vergesel. Die bokkraal is ongeveer 'n halfmyl van die woonhuis af. 'n Ent van die kraal af is 'n liggaam wat onder 'n kombers toegemaak is aan my gewys. Konstabel Booi en ek het die kombers verwyder. Ons het 'n manlike persoon op sy maag sien lê. Daar was verskeie meswonde op sy rug te sien. Dit was duidelik dat die wonde baie gebloei het. By nadere ondersoek het ons 'n mes se hef aan die regterkant langs die rugstring sien uitsteek. Ek het die omstanders gemaan om nie aan die mes te raak nie sodat ons vir vingerafdrukke kon soek, maar meneer Pieterse het my daarop gewys dat meneer Klink reeds aan die mes gevat het toe hy dit probeer uittrek het. Ons het die mes net so gelaat."

Meneer Joubert beduie vir sersant Koekemoer om 'n oomblik te wag. Daarop maak hy 'n kartondoos oop en haal 'n voorwerp daaruit. Konsternasie in die hof: mense trek hul asem hard in, party gil. In sy hande hou die aanklaer 'n lang mes met 'n swart hef. Die elektriese lig blink op die vlymskerp lem.

Katryn eien dit dadelik as haar mes met die ebbehouthef. Hoeveel jare het sy nie elke dag daai mes in haar kookhuis gebruik nie. Vir koswerk is dit 'n goeie mes, maar nou lyk dit of dit vir doodmaak 'n nog beter mes is.

"Is dit hierdie mes wat u gesien het, sersant?" vra die staatsaanklaer.

"Dis korrek."

"Waaraan herken u die mes?"

"Aan sy lang lem en aan die swart houthef."

"Het u probeer vasstel aan wie die mes behoort?"

"Ja, meneer Pieterse het dadelik gesê hy herken die mes en dat dit sy skoon- ... ekskuus, dat dit die beskuldigde se mes is.

Hy het gesê hy het die mes in haar huis gesien en dat hy al 'n paar keer self met die mes gehelp slag het."

"Wat het daarna gebeur?"

"Ons het die wêreld begin fynkam vir leidrade. Ons het veral na spore gesoek, maar ons kon geen spore vind wat ons in die ondersoek kon help nie."

"Waarom nie? Is die grond te hard daarlangs?"

"Nee, die grond is nie hard nie, maar dit was die vee. Die hek van meneer Klink se kraal was oop en die bokke het die omgewing fyn getrap."

"Ek verstaan. Wat het u toe gedoen, sersant?"

"Nadat meneer Pieterse gesê het dat dit die beskuldigde se mes is, het ek reguit na haar huis gery. Nou moet ek sê Diepdrif, dis nou die beskuldigde se huis, en Bruinwater grens aan mekaar."

"Hoe ver is die huise van mekaar af?"

"Met die pad saam is hulle omtrent drie myl van mekaar af, maar as jy sommer so met die rivier langs stap, is hulle nie meer as twee myl uitmekaar nie."

"En wat het by die beskuldigde se huis gebeur?"

"Ek het vir die beskuldigde gevra waar sy die vorige middag was en ook waar haar mes was."

"Wat antwoord sy toe?"

"Sy sê toe dadelik dat sy vir Koos Klink met die mes gejaag het."

"En wat sê sy verder, wat het toe gebeur?"

"Sy vertel dat sy hom ingeloop het, maar net voor sy kon steek, het sy geval en hy het weggekom."

"En wat van die mes?"

"Sy sê die mes het met die val weggeraak. Toe ek haar vertel dat Koos Klink doodgesteek is, het sy gesê dan moes iemand anders die mes opgetel het en hom gesteek het."

"Hoe het sy gesê, waarom het sy vir Koos gejaag?"

"Sy het gesê dat sy gesien het hoe die oorledene haar dogter seksueel aanrand. Toe ek vir haar sê dat ek haar nie glo nie, het sy begin vloek en skel en vreeslik te kere gegaan."

"Wat het u toe gedoen?"

"Ek het haar in hegtenis geneem en daarna die huis deur-soek."

"Het u haar die gebruiklike waarskuwing gegee terwyl u haar gearresteer het?"

"O ja, beslis. Ek laat nooit na om dit te doen nie."

"Het u enigiets in die huis gevind wat u in die ondersoek kon help?"

"Ja, beslis."

"Wat?"

"'n Rok."

Die staatsaanklaer maak die kartondoos weer oop en haal iets daaruit.

"Is dit miskien hierdie rok?"

"Ja, dis dieselfde rok."

"Aan wie behoort die rok?"

"Aan Katryn Jonis. Sy het self bevestig dat sy die rok die vo-rige dag aangehad het."

"Was daar iets vreemds aan die rok?"

"Ja, daar was 'n bloedkol op die rok. As u die rok oopmaak, sal u nou nog die kol duidelik sien."

Die staatsaanklaer vou die rok oop, 'n eenvoudige kledingstuk van ligblou katoen, en hou dit in die lug. Hy wys op 'n donker-bruin kol omtrent so groot soos 'n piering op die romp.

"Sersant, op grond waarvan sê jy dat dit bloed is?"

"Dokter Van Zyl sal kom getuig dat dit bloed is. Ek het die rok vir hom gegee om die kol te ontleed."

"En toe verder, sersant?"

Daarop vertel Koekemoer hoe hy vir Katryn saam met konstabel Booi na Port Nolloth gestuur het om haar te gaan opsluit. Hy het die geneesheer op Alexanderbaai gewaarsku dat 'n lyk op pad is en die ambulans van Port Nolloth ontbied. Hy is terug na Bruinwater, waar hy verklarings afgeneem het. Laatoggend het die ambulans opgedaag. Hy het die lyk en die rok aan dokter Van Zyl op Alexanderbaai oorhandig. Die dokter het in sy teenwoordigheid die lykskouing gedoen.

Toe die sersant sy relaas afsluit, draai die staatsaanklaer na regter Te Doorn.

"Mag dit die hof behaag, geen verdere vrae nie, U Edele."

Dit voel vir die regter of sy kop wil bars. Die skok van vroeër toe die vreeskol weer op sy maag geslaan het en hy byna sy stem verloor het, het nog nie gewyk nie.

Hy tik op die bank en sê: "Die hof gaan vir die middagpouse verdaag. Die beskuldigde kan onmiddellik daarna met kruisondervraging begin."

. Hoofstuk 7 .

DIE VERDAGING HENNER MY, DINK KATRYN. Sy was reg om vir
Koekemoer aan sy strot te gryp en nou moet sy sit wag.

Met sersant Snyders wat haar dophou, sit sy voor haar en uit-
staar. Sy weet nie eers van die gewoel om haar nie. Dit kwel haar
dat sy haarself vroeër die oggend so in die oë gesit het. Sy hoop
maar die regter met sy krêmsiekgesig hou dit nie teen haar nie.
Maar toe hy van regverdigheid gepraat het, kon sy nie stilbly nie.
Daarvoor het sy al te veel onregverdigheid in haar jare geproe.

Toe dit vir haar voel of sy haar al in anderjaar in gewag het,
kom die mense terug hofsaal toe en vat hulle plekke.

Die regter kyk haar stip aan bo van sy bank af. "Het die be-
skuldigde enige vrae wat sy aan die eerste getuie wil stel?"

Sy staan op. "Ek het, U Edele, ek het 'n paar."

Nou voel sy die veglus in haar lyf. Dit bruis deur haar soos
vroeërs op die riverwal as hulle met hulle kleilatgevegte teen
die witkinders begin het. Maar sy onthou wat haar pa altyd gesê
het: "My kind, as jy 'n man hard wil slaan, moet jy stadig begin.
Moenie te gou jou hand wys nie. Vang hom op die agtervoet,
dan val hy soveel harder."

Sy leun vorentoe oor die bank en glimlag vriendelik.

"Middag, sersant."

"Middag, Katryn."

"Gaan dit goed in ons wêreld? Sersant weet ek is mos al lank weg."

"Dit gaan goed, Katryn."

"Het daar darem 'n reëntjie geval?"

"Ja, dit het goed gereën."

"Dink sersant Salmon-goed sal met die veetjies buiteveld toe kan trek?"

Die staatsaanklaer kom op sy voete.

"U Edele, ek maak beswaar teen hierdie doellose ondervraging," sê hy vererg.

Regter Te Doorn bedwing met moeite 'n glimlag. "Ek stem saam dat die koers van die ondervraging nie duidelik blyk nie, maar kom ons wees geduldig. Ons moet onthou dat ons nie hier met 'n opgeleide advokaat te doen het nie."

"Soos dit U Edele behaag."

Die regter kyk na Katryn. "Sal die beskuldigde asseblief voortgaan."

Terwyl die alterkasie aan die gang was, het Katryn nie vir 'n oomblik haar vriendelike blik van die sersant af weggedraai nie. Sy gaan voort asof daar geen steurnis was nie.

"Wanneer het sersant laas vir Doempies gesien?"

"Vandag nog. Hy is 'n getuie vir die staat en hy wag hier buite."

"Dan sal ek hom darem nog sien?"

"Jy sal hom beslis sien, Katryn."

"Hoe het sersant gesê, van waar af het hy die oggend vir sersant opgelui?"

"Van die plaas Grootderm af."

"Daar van mister Vlok se kantoor af?"

"Ja, dis die enigste telefoon op die plaas."

"Kan sersant onthou van al die kere wat ek vir sersant van daai telefoon af opgelui het?"

" 'n Heel paar maal, ja, maar nie só baie nie."

"Nie so baie nie? Hoe praat sersant dan nou?" Katryn maak haar stem harder. "Kan sersant nie onthou van die baie male wat ek of Salmon vir sersant gelui het nie?"

"Ja, ek onthou."

"Nou laat ons sien: hoeveel maal het ons net verlede jaar vir sersant opgelui?"

"Ek kan nie onthou nie, ek ontvang baie oproepe."

"Sersant, my pa het altyd gesê as jy vir 'n man 'n ding vra en hy begin met 'kan nie onthou nie', moet jy weet nou's jy besig met 'n man wat wil begin lieg. Ek hoop nie dis jou plan nie."

"Ek beplan geensins om leuens te vertel nie. Ek besef baie goed dat ek onder eed is om die waarheid te praat en dis presies wat ek gaan praat."

"En daar is nog 'n manier wat sersant besluit het om te praat. Jy het ook besluit om mooi te praat. Ek wens Sy Edele en al die mense in hierdie hof kon hoor hoe onbeskof en beledigend jy met my oor die telefoon aangegaan het. Ek wens die mense kon hoor hoe vieslik jy daai oggend op Diepdrif met my voor my man en my kinders gepraat het. Ek was veral skaam dat my dogters jou moes hoor."

"Ek weet nie waarvan jy praat nie."

"Natuurlik sal jy sê jy weet nie waarvan ek praat nie. Hier in die hof wys 'n man mos jou skoon gesig en jou vuile steek jy weg. Jy sal ook nie wil hê die hof moet weet dat julle poeliesmanne in ons wêreld met twee tale praat nie. Met die een taal praat jy met die witman en met die ander praat jy met die hotnot."

"Dis nie die waarheid nie."

Nou is dit klaar met Katryn se mooi en vriendelike praat. Sy spoeg die woorde uit soos 'n slang sy gif uitspoeg.

"Hoor hoe praat 'n man wat sê hy het die eed gesweer om

die waarheid te praat. Maak dit jou nie skaam om so te staan en lieg nie?"

"Ek lieg nie! Bring jou bewyse dat ek lieg."

"Ek kan vir jou niks bring nie, sersant, want ek sit in die tronk. Maar ek kyk jou uit. Van dinge wat bewys kan word, praat jy die waarheid, maar van wat nie bewys kan word nie, lieg jy dat jy lekkerkry."

Regter Te Doorn besluit om in te gryp.

"Bepaal jou by ondervraging, Katryn Jonis. Om die getuie sleg te sê, sal jou min baat."

Sy kyk net vlugtig na hom en dan terug na die sersant.

"Sersant, kom ons praat weer oor al die oproepe wat ons na jou toe gebel het. Los die baie oproepe oor die jare en dan praat ons net oor verlede jaar se oproepe. Kan jy nie eers van één onthou nie?"

"Ek sê weer: ek ontvang elke dag baie oproepe."

"Maar sersant, óns oproepe, 'n mens kan mos nie 'n oproep vergeet waarin jy so kwaad is en so lelik praat nie? Kan jy nie onthou hoe ek verlede jaar oor die foon gehuil het nie?"

"Ek ontken nie dat ek oproepe van jou ontvang het nie."

"Mooi so, sersant, ek is bly dat jy darem iets begin onthou. Ek was so bang jy sou aanhou met hierdie storie dat jy glad nie met my gepraat het nie. Word al die oproepe nie in 'n boek neergeskrywe nie?"

Katryn kan sien die sersant se vlag val. Sy hande vervat op die reling voor hom en hy maak hard keel skoon.

"Ja, dit word."

"Altyd?"

"Ja, altyd, dis regulasie."

"Maar regulasie word nie gehou van dinge waarvan mense nie weet nie? Dis jammer ons het nie nou die boek waarin die oproepe neergeskrywe is nie, want dan kon jy gelees het waaroor die oproepe gegaan het."

"Dis jammer, ja, want ek onthou van daardie oproepe seker net so min as wat jy daarvan onthou."

"Wag so 'n bietjie, sersant! As jóú onthou nie so goed hier in die hof werk nie, moet jy nie mý onthou ook wil slegmaak nie. Ek onthou alles. Ek onthou waaroor die oproepe gegaan het en ek onthou elke skelwoord en elke vloekwoord wat jy in my oor geskree het. As jy so ver soos ons moet loop om by die foon te kom en jy kla oor 'n waterpomp wat gekondêm is of 'n stoetram waarvan die teelkliere afgesny is of oor leivore wat gebreek is of oor lusernmiedens wat aan die brand gesteek is, dan vergeet jy nie. Jy vra ook nie 'n boek om dit neer te skrywe nie. Dit sit in jou kop. Nee, sersant, ek dink jy onthou bleddie goed van al daai oproepe. Jy lieg as jy sê jy onthou nie van ons pratery nie, en jy kruip weg agter daai lieg solat die mense nie moet weet hoe sleg Port Nolloth se poeliesmanne hulle werk doen nie."

"Nee, dis nie so nie."

"Ek het glad nie gedink jy sal ja sê nie. Sersant, kan jy vir ons naastenby sê hoeveel maal ek en Salmon jou verlede jaar opgelui het? Onthou, ons vergeet nou eers van al die ander op- roepe oor die jare."

"Nee, ek het klaar gesê ek ontvang baie oproepe. Hoekom sal ek juis joune onthou?"

"Nou sal ék jou sê hoeveel maal ons jou laas jaar gebel het om te kla: dit was presies ses maal gewees. Stry jy as ek sê ons het jou ses maal opgelui?"

"Dit kon moontlik ses maal gewees het."

"En ses maal is omtrent net mooi bleddie reg. Sê my, sersant, noudat jy darem so stadigaan iets van die Jonisse begin onthou, en voordat die groot vergeet jou weer vat: met watse klagtes het ons elke keer gekom?"

"Jy het dit mos netnou self gesê. Jy het gepraat oor julle vee en oor die ..."

"Nee, wag, sersant, ons het nie gepráát nie. Ons het gekla en ons het gepleit en ons het gesoebat."

Daar volg 'n doodse stilte.

"Is ek reg, sersant?" gaan Katryn voort. "Sê vir my, jy begin mos darem nou om mooi te onthou."

"Julle het gekla oor diere wat weggeraak het."

"O nee, sersant, ons het gekla oor diere wat vermink is of seergemaak is. En hoeveel maal het ons nie gekla oor ons goed wat gebreek is en ons miedens wat brandgesteek is nie? Onthou jy nou?"

"Ek kan so iets onthou."

"Moenie vir my kom so iets nie! Is dit so of is dit nie so nie?"

"Ja, ja, ja, ek onthou nou."

"Baie dankie vir die onthou, sersant, maar hier is nou iets wat jy nog beter moet onthou. Sê vir my, en sê dit hard solat almal mooi kan hoor: hoeveel maal van al die kere wat ons jou gebel het, het jy gekom?"

Koekemoer se gesig raak rooi en die sweet maak groot kolle op sy uniform onder sy blaaie.

Toe die stilte te lank duur, sê die regter: "Beantwoord die vraag, sersant, of het u dit nie goed gehoor nie?"

"Ek het goed gehoor, U Edele. Ek het nie een maal uitgegaan nie."

Katryn wys met haar vinger na Koekemoer en dan wys sy na die regbank.

"Sê nou dat hierdie hof duidelik kan hoor: hoekom het jy nie gegaan nie?"

"Ek het geweet van die haat wat jy vir Abraham Klink en sy familie het, nog van Kortdoorn se dae af, en ek het gedink jy wil maar net die Klinke bykom."

"Elke maal van die ses maal? Ook die kere wat ek oor my lusernmiedens gehuil het?"

"Ja, ek het jou elke maal nie geglo nie."

"Nou wat het ons Jonisse dan gedoen dat jy ons nie wou glo nie?"

"Dis oor daardie eerste maal wat jy my opgelui het en gekla het oor jou bokram wat gekapater is."

"Hoe lank gelede was dit? Kan jy onthou?"

"Nie so mooi nie . . ."

"Nou dan sal ek vir jou sê: dit was agt jaar gelede gewees."

"Is seker so."

"Dis beslis so, sersant. En hoe lank het jy gevat voor jy uitgekom het?"

"Ek het dadelik gekom."

"Jy lieg, en jy weet dat jy lieg. Van jou kop tot jou gat is jy 'n liegbek!"

Die staatsaanklaer vlieg op. "Ek maak ten sterkste beswaar, U Edele. Hierdie ondervraging het totaal niks met die saak te doen nie."

Regter Te Doorn knik en kyk streng na Katryn.

"Ek word ook nou moeg vir hierdie vrae. En dan waarsku ek die beskuldigde ernstig om te let op die taal wat sy gebruik."

Dit laat Katryn opvlam, al het sy haar voorgeneem om koelkop te bly.

"U Edele, nes ek begin om vir julle te wys dat hierdie poeliesman 'n liegbek is wat nie mense help wat hy moet help nie, spring julle in en help hom. Ek sê weer: net so min regverdigheid soos ons bruin bloedkinders van my oupa gekry het, net so min regverdigheid kry ek by jou. Julle witmense is verdomp almal eenders!"

"Ek sal nie toelaat dat in my hof . . ." probeer die regter haar stilmaak.

"Jou hof, jou hof!" skree Katryn. "Waar de hel kom jy daaraan dat dit jóú hof is? Dis ék wat staan en baklei met 'n galgtou om my nek! Ek baklei alleen en ek vra vir niemand om my te help nie. Al wat ek vra is: moenie my hande agter my rug vasdruk en my dan bloedbek slaan nie, dis mos hoe die witkinders langs die rivier met my gemaak het. Gee my net 'n kans, Edele, net 'n regverdige kans. Anders, laat vat my weg en hang my op. Ek kan in jou oë sien jy vrek om my op te hang! Hier staan 'n poeliesman helder oordag en lieg, maar as ek vir hom sê hy lieg, dan skop julle my in die bek."

'n Gedreun styg uit die galery op. Daar kom selfs die geluid van hande wat klap.

"Stilte in die hof!" skree die hofordonnans.

Regter Te Doorn spring op en slaan hard met sy hand op die bank. "Die hof verdaag! Die hof verdaag!"

Hy val byna oor die voete van die een assessor en drafstap na sy kantoor toe.

Katryn leun vooroor in die beskuldigdebank, haar kop in haar hande. Iemand druk op haar skouer. Toe sy opkyk, sê die bewaarderes: "Kom, ons gaan vir 'n rukkie ondertoe."

Katryn staan op, maar met die omdraai vang haar oog die sersant. Sy gesig is spierwit en hy wieg onvas op sy voete.

Haar vinger skiet uit en sy wys reguit na hom. "Ek is nie klaar met jou nie! Ek is nog glad nie klaar met jou nie!"

Regter Te Doorn staan voor die groot venster in sy kantoor, sy hande teen sy kloppende slape gedruk.

"Sal ek die dokter bel?" vra Ansie de Wet bekommerd.

"Nee, dis nie nodig nie, ek voel klaar beter, dis net hoofpyn. Ek wil net iets daarvoor hê, dan gaan ek terug." Hy vryf oor sy gesig en sug diep. "As ek nie vandag teruggaan nie, sal ek teen daardie vrou verloor."

Ansie se oë rek. "Verloor, regter? Ek verstaan nie."

"Moenie probeer nie," sê hy met 'n skewe glimlaggie.

Presies om drieuur hervat die hofverrigtinge.

Regter Te Doorn praat lank en ernstig met Katryn. Hy wys haar daarop dat as sy volhard met haar uitbarstings, sal hy die vergunning om haarself te verdedig terugtrek en 'n advokaat aanstel om haar saak te behartig.

"Ek verstaan, U Edele."

"Goed so. Ek sal persoonlik 'n skrywe aan die Kommissaris van Polisie rig en hom vra om deeglik ondersoek in te stel na die wyse waarop die polisie op Port Nolloth hulle werk doen. Dis 'n oortreding om klagtes wat gemaak word te ignoreer."

Dié woorde bring 'n glimlag op Katryn se gesig. Sy kyk vinnig na Koekemoer en sien tevrede dat die sweepslag getref het. Hy is 'n bekommerde man, 'n baie bekommerde man.

"Die ondervraging kan nou voortgaan," sê die regter en sit terug in sy stoel.

Katryn kom regop en glimlag katvriendelik vir die sersant.

"Sersant, gaan jy gereeld kerk toe?"

"Ja, ek is 'n ouderling van die NG kerk op Port Nolloth."

"Dis mooi, sersant. My Salmon is ook ouderling in eerwaarde Schmidt se kerk op Kuboes. Sê vir my, sersant, het jy al baie maal in die hof in die getuiebank gestaan?"

"Ja, baie maal, dis my werk."

"Dan is sersant nie so onnosel soos ek wat nie eens die prosedure van die hof ken nie."

"Ek ken die prosedure."

"Wat het sersant nou weer gedoen net voor jy vanmôre begin praat het? Toe jy jou vingers in die lug in opgesteek het?"

"Ek het die eed afgelê."

"Waarvoor het jy dit gedoen?"

"Om die waarheid te praat. Jy lê 'n eed af om die waarheid en niks anders as die waarheid nie te praat."

"Jy sê jy sweer om die waarheid te praat?"

"Dis reg."

"Voor wie sweer jy?"

"Ek sweer voor die hof."

"Maar ek het dan gehoor sersant noem God se naam ook?"

"Dit is so, eintlik sweer 'n mens voor God."

Katryn kyk hom aan, haar blik só skerp dat dit lyk of sy hom onder ligte sit. Hy staar na haar soos 'n muis wat verlam voor 'n slang sit, onmagtig om eens 'n snorbaard te beweeg. Dis doodstil in die hof.

"Sersant, my pa het altyd gesê daar's twee maniere van lieg. Die een is wanneer jy met jou mond lieg en die ander is wanneer jy nie met jou mond lieg nie – dis die slag as jy stilbly oor die waarheid. Nou daai stilbly-lieg is 'n nog groter lieg as die praatlieg. Stem jy saam dat 'n stilbly-lieg 'n baie groot lieg kan wees?"

"Ek stem saam."

Katryn praat sagter, maar sy voel hoe die krag in haar die poeliesman hóú.

"Sersant, jy sien ek staan hier voor jou, en ek staan vroumensalleen. Jou getuies sit die gang vol, maar ek het nie één getuie om vir my te praat nie. My man en my kinders wat vir my kan praat, is nie hier nie. Dis mos waar, sersant?"

Sy wag tot hy knik voor sy aangaan.

"Ek het nog nooit gestry dat ek vir Koos Klink wóú doodmaak nie, en ek stry ook nie oor my mes wat jy hier voor die hof gebring het nie. Maar nou wil ek by jou stilbly-lieg uitkom. Daai môre op Diepdrif het ek vir jou gesê dat iemand my oor die kop geslaan het net toe ek vir Koos Klink wou steek. Ek het vir jou gesê dat ek vir hoe lank laaits-out gelê het en dat ek nie geweet het wat van my mes en van Koos Klink geraak het nie. Ek het vir jou die swelsel op my agterkop gewys en jy het gesien dat ek nie my nek kon draai nie so seer was hy. Hoekom het jy nie vir die hof van my beserings vertel nie? Hoekom het jy nie vir hierdie hof vertel hoe konstabel Booi my wéér laaits-out geslaan het en dat ek eers by Port Nolloth weer bygekom het nie? Onthou jy hoe ek daai aand gehuil en gepleit het dat jy vir dokter Van Zyl moet laat kom solat hy vir my medisyne vir die pyn kan gee? En wat het jy toe vir my gesê? Jy't gesê jy sien nie nodigheid om 'n nek te dokter wat tog een van die dae deur 'n galgtou afgeruk gaan word nie."

Daar gaan 'n geskokte ruising deur die hof, maar Katryn hou haar oë op die sersant.

"Nou wil ek vir jou vertel wat met my sal gebeur as iemand anders nie voor die hof sal getuig van my beserings nie. En daai iemand is jy. Hier is niemand anders wat van my beserings weet nie, net ek en jy. Jy is die enigste mens wat tussen my en die galgstok kan kom staan. Maar as jy aangaan met jou stilbly-lieg, sal hulle my met daai trappies afvat en hulle sal 'n tou om my nek sit en ek sal hang tot ek dood is.

"Onthou net dít, sersant: ek sal weg wees, maar jy sal nog agterbly. En dieselfde God voor wie jy vanoggend jou vingers opgesteek het en gesweer het om die waarheid te praat, sal elke dag van jou lewe na jou toe kom en vir jou vra waar Katryn Jonis is. Dis dieselfde God vir wie jy Sondae 'n swart manel in Port Nolloth se kerk dra, en as jy in jou manelpak na die kerk-raadsbank toe stap, sal Hy vir jou vra: 'Wat het jy toe met Katryn Jonis gemaak?'"

Sweet stroom oor die sersant se gesig en hy leun oor die ge-tuiebank se reling asof Katryn hom met haar oë nader trek.

"Ek gaan nou vir jou 'n laaste klompie vrae vra, sersant. Is jy reg?"

Hy knik.

"Antwoord my mooi hard en duidelik. Het ek daar op Diep-drif voor my man en my kinders vir jou gesê dat my kop en nek beseer is?"

"Ja, jy het."

"Kon jy sien dat my nek seer was?"

"Ja, ek kon sien."

"Kon jy die swelsel op my agterkop sien?"

"Ek onthou die swelsel."

"Het konstabel Booi my agter die kop geklap?"

"Ja, hy het."

"Het ek daar voor my man en kinders flou geval solat julle my in die poelieswên moes tel?"

"Ja, jy het."

"Het ek daai aand in die tronk op Port Nolloth vir jou gesê ek wil doodgaan van die pyn?"

"Ja, jy het."

"Het ek jou gevra om die dokter te laat kom solat hy my kon ondersoek en my iets kon gee vir die pyn?"

"Ja, jy het."

"Het jy die dokter laat kom?"

"Nee, ek het nie."

"Het jy vir iemand vertel van my beserings?"

"Nee, vir niemand nie."

"Vertel jy dit nou hier vir die eerste maal?"

"Ja, vir die eerste maal."

"Hoekom het jy vir niemand vertel nie?"

"Ek het gedink jy is skuldig."

"Dink jy nog steeds so?"

"Ek . . . ek weet nie."

Toe Katryn van die sersant af wegdraai, ruk sy lyf vooroor asof hy bevry word uit 'n onsigbare greep.

Sy kyk op na die regter. "Ek het klaar gepraat, U Edele."

Toe sak sy in haar sitplek neer, slaan haar hande oor haar gesig en begin bitterlik huil.

Lukas te Doorn se gedagtes is in 'n warboel. Maak nie saak hoe hard hy probeer om dit onder beheer te kry nie, die onrus bly. En dis alles daardie vrou, Katryn Jonis, se skuld.

Die oomblik dat hy vanoggend in haar twee blou oë gekyk het, was dit so goed hy kyk weer in die oë van sy moeder. Anders as sy moeder is sy klein van postuur, maar die uitdrukking op haar gesig was kompleet dié van sy moeder, dis net die kleur van haar vel wat verskil.

Ook die persoonlikhede stem grootliks ooreen, behalwe dat Katryn Jonis iets meer het. Sy beskik oor een of ander vorm van magiese krag. Die wyse waarop sy die sersant laat vermurwe het en hom verkleineer het en hom toe laat praat het presies wat sy wou hê hy moes praat, het die regter nog nooit vantevore gesien nie.

En hy weet: as hy deur hierdie hofsaak wil gaan sonder om sy reputasie te skaad, sal hy deurgaans op sy hoede moet wees. Hy sal moet wakker loop soos nog nooit vantevore nie.

Maar by dit alles is daar nog iets wat hom ontstel, en dis die gevoel van weersin wat die beskuldigde in hom wek. Dieselfde gevoel wat hy teenoor sy moeder gekoester het, het vandag teenoor Katryn Jonis in hom opgekom. En dis 'n emosie wat 'n regter, van wie daar verwag word om te alle tye regverdig te wees, nie kan bekostig nie.

Katryn raak stadig bewus van mense wat om die beskuldigde-bank saamdrom. Sommige wil aan haar raak of haar op die skouer klop. Maar sy het nie lus vir mense nie. Nooit het sy kon dink dat sy sou verlang na die stilte van haar koue sel nie.

Sersant Snyders raak saggies aan haar arm en sê: "Kom, laat ons hier wegkom."

Aan die voet van die trappies sit sy haar hand op Katryn se skouer. "Ek was vandag trots om 'n bruinvrou te wees."

Katryn antwoord nie. Sy voel te leeg van binne om dankie te sê.

In haar sel gaan lê sy op haar kooi. Toe die bewaarderes later vir haar 'n bord kos bring, kyk sy skaars op. Wat sou sy nie nou gegee het vir 'n ou huiskossietjie nie. Vaalvleis met 'n lang sous en asbrood en patat.

Dit raak weer 'n nag van wakkerlê. As sy darem vannag styf agter Salmon se breë rug kon inkruip . . . Sy verlang na sy sweet-ruik. Daar op die plaas, as die sweetruik te skerp begin raak, het sy hom na die diep kuil toe gevat en het hulle in die koel water geswem sonder 'n stukkie klere aan hulle lywe.

Die dag wat sy weer op Diepdrif aankom, sal sy vir Salmon sê: "My man, vat my heel eerste kuil toe. Bring 'n groot stuk boerseep en was my en was my tot al die tronkruik uit my uit is."

Haar gedagtes loop lang draaie, draf op ou paadjies soos 'n hond wat spoor soek. Sy dink aan haar pa. As daar een mens is wat sy hier in die Kaap by haar sou wou gehad het, is dit hy. Hoe groos sou hy nie op haar gewees het as hy kon sien hoe sy daai hotnotvloeker van 'n sersant onderstebo gekeer het nie.

Haar pa het haar kleintyd mos baie keer op sy skoot getel en gesê: "Hierdie meisiekind van my moes eintlik 'n jongetjieskind gewees het. Maar toemaar, sy sal nog vir baie mansmense ore aansit."

. Hoofstuk 8 .

KATRYN HOU HAAR OË NET OP DOKTER VAN ZYL. Sy het al baie van hom daar langs die Gariep gehoor, maar hom nog nooit gesien nie. Die mense praat goeie goed oor hom, vernaam dat hy mooi met die ouer mense werk.

Hy antwoord met 'n duidelike stem soos die staatsaanklaer hom uitvra. Dan begin hy met sy getuienis.

Die dokter vertel hoe hy die liggaam van Koos Klink in ontvangs geneem het. Hy vertel breedvoerig van die meswonde. Die oorledene is net van agter gesteek. Omtrent die helfte van sy wonde kon die dood tot gevolg gehad het. Daar was agt wonde in sy rug, vier daarvan nie diep nie, en hy vermoed hulle is gesteek terwyl die oorledene gehardloop het. Vier van die wonde was egter baie diep, en volgens die rigting van die wonde is ten minste drie gesteek terwyl die oorledene op die grond gelê het. Die meslem het verskeie van die organe binnegedring en die regterkantste long is twee keer deurboor. Die bloeding wat dit meegebring het, het heel waarskynlik die dood veroorsaak.

"Is daar enige ander artikels vir ondersoek deur die polisie aan u oorhandig?" vra die staatsaanklaer.

"Ja, 'n rok."

Die staatsaanklaer hou die ligblou katoenrok omhoog. "Is dit hierdie rok?"

"Dis dieselfde rok."

"Het u enigiets buitengewoons aan die rok gevind?"

"Ja, daar was 'n bloedkol op die rok."

"Hierdie kol?"

"Ja."

"Het u die bloed ontleed?"

"Nie self nie, maar ek het die rok na die polisie se forensiese laboratorium in Kaapstad gestuur en hulle het dit ontleed."

"Het u 'n verslag ontvang?"

"Ja, ek het. Ek wil die hof daarop wys dat die verslag taamlik volledig is, maar indien die verdediging die verslag betwis, sal die wetenskaplikes wat die ontleding gedoen het self daaroor kom getuig."

"Dis vir die verdediging om daaroor te besluit," sê die staats-aanklaer. "Wat was die bevinding van die ondersoek?"

"Die bevinding was, soos ons in Engels sal sê, baie straight-forward. Daar is bevind dat die bloed op die rok mensebloed is en dat dit van die oorledene afkomstig is."

"Goed, dokter, dit voltooi nou my vrae aangaande die dood van Koos Klink. Aangesien u uit die omgewing kom waar die misdaad gepleeg is, wil ek enkele vrae aan u stel wat verklarend kan wees van sekere dinge waaroor later gepraat sal word."

"Vra gerus."

"Ken u die beskuldigde?"

"Ek ken haar nie, maar ek het beslis al van haar gehoor."

"Ek sien. In die hof word hoorsê-getuienis natuurlik nie aan-vaar nie, maar as die verdediging nie beswaar het nie en as dit Sy Edele sal behaag, sal ek graag vra dat u aan die hof vertel wat u van die beskuldigde gehoor het. Ek wil aan die verdediging en aan die hof die versekering gee dat dokter Van Zyl niks sal vertel wat die saak van die beskuldigde kan skaad nie. U kan dit beskou as 'n verduideliking van terme wat later na vore sal kom."

Regter Te Doorn kyk stip na die aanklaer terwyl hy sy antwoord oorweeg.

"Wat u nou daar gesê het, meneer Joubert, is 'n mondvol. Ek aanvaar egter dat u versoek ten doel het om groter duidelikheid te verskaf."

Hy draai na Katryn en vra: "Het jy enige beswaar as die dokter vertel wat hy van jou gehoor het?"

Katryn trek haar skouers waterpas. "Glad nie, U Edele. Hy kan maar vertel, ek het niks om oor skaam te wees nie. En as ek van dokter Van Zyl moet vertel, sal ek net kan praat van die mooi goed wat ek langs die rivier van hom gehoor het."

Die staatsaanklaer knik. "Gaan maar voort, dokter."

"Daar word gesê dat daar onder die Namamense gereeld 'n vroulike persoon met bonatuurlike krag verskyn. Hierdie persoon noem hulle 'n opprater. Die opprater beskik oor die krag om 'n terminaal siek persoon, gewoonlik 'n kind, en veral 'n kind wat per ongeluk beseer is, aan te praat om gesond te word. Volgens die bewerings herstel die kind onmiddellik en is die herstel volkome."

"Is dit 'n vorm van geloofsgenesing?" vra die regter.

"Inteendeel, U Edele, dit het niks met godsdiens te doen nie. Ek verstaan dat die opprater soms krasse taal kan gebruik."

Die regter leun vooroor. "Glo u dit, dokter?"

"Dis 'n baie moeilike vraag om te beantwoord. As wetenskaplike is ek opgelei om slegs te glo in dinge wat wetenskaplik bewys kan word. Maar in my jare op Alexanderbaai het ek met drie gevalle te doen gehad van kinders wat volgens my mediese kennis en oordeel nie langer as vier-en-twintig uur sou lewe nie. In elke geval het ek my bevindinge duidelik aan die ouers gestel. Maar hierdie drie kinders is ná enkele dae na my toe teruggebring, springlewendig en gesond, en volgens die ouers het Katryn Jonis hulle opgepraat."

"Waaraan het die kinders gely?" vra die regter.

"Slegs by een kindjie was daar 'n siektetoestand, naamlik wit-seerkeel. Die ander twee is onderskeidelik deur 'n slang gepik en deur 'n muil teen die kop geskop."

"En u was nie self by die oppratery teenwoordig nie?"

"Ongelukkig nie, U Edele."

"Dokter, 'n mens word natuurlik nooit te oud om te leer nie, maar u moet my verskoon as ek skepties staan teenoor hierdie storie van u. In die hof volg ons dieselfde pad as die wetenskap en ons aanvaar slegs daardie dinge wat met konkrete feite gestaaf kan word."

"Ek verstaan volkome, U Edele, en ek neem u nie in die minste kwalik vir u ongeloof nie."

"Baie dankie vir u verduideliking, of sal ek sê vertelling, dokter Van Zyl," sê die staatsaanklaer. "Wanneer daar nou later na 'n opprater verwys word, sal ons almal weet wat daarmee bedoel word. Ek het geen verdere vrae nie, U Edele."

"Die beskuldigde mag nou vrae stel aan dokter Van Zyl," sê die regter.

Katryn kom regop.

"Môre, dokter," groet sy vriendelik. "Al sien ons mekaar die hele oggend, groet ons mekaar mos voor ons begin praat. Dit wys dat ons nie kwaad is vir mekaar nie."

"Môre, Katryn."

"Dankie vir die mooi goed wat dokter van my gesê het van die oppraat. Al glo die hof dit nie, kan dokter my maar kom uitperbeer as dokter die dag groot in die nood is met 'n siek kind. En onthou, dokter, ek doen dit verniet."

"Dankie, Katryn."

"Van my oppraatkrag is daar net een ding wat dokter moet onthou: ek loop nie rond en spog daarmee nie. Dis nie iets wat ek voor gevra het nie. Ek het nie eers geweet ek het dit nie, tot ek eendag 'n witkind opgepraat het wat verdrink het."

"Ek verstaan so, Katryn."

"Dokter, ek wil sommer vir dokter begin vra oor die bloedkol op my rok. Is daar nie ennerlik iets snaaks aan die kol nie?"

"Wat bedoel jy met snaaks?"

"Dis dan vir my so op 'n bondel. As die bloed nou uit die man se rug gespuit het, sou dit nie spatsels en strepe oor die hele rok gemaak het nie? Nou sit daar dan net die een groot kol."

"Ja, tensy die draer van die rok baie naby aan die oorledene was."

"Maar daar was agt steke in sy rug. Moes daar nie meer kolle op die rok gewees het nie?"

"Ja, maar . . ."

"Dokter, moet asseblief nie vir my kom 'ja, maar' nie, dit klink so of dokter nie weet nie. Dokter het netnou gesê van die steke was vlak en jy dink dis omdat hulle in die hardloop gesteek is. Dokter het ook gesê die diep steke is gesteek toe Koos al op die grond gelê het."

"Ek het gesê dis maar wat ek dink."

"Nou maar reg, as dokter dan so goed is met dink. Hoe dink dokter, hoe het die bloed dan so op een kol op my rok gekom?"

"Ek het nog nooit so daaroor gedink nie."

"Dan vra ek nou vir dokter om so daaroor te dink."

"Wel, noudat jy dit genoem het, moet ek erken dis vir my ook snaaks."

"Nou kom ek help vir dokter. Ek vertel vir dokter twee stories van hoe die bloed op die rok gekom het en dan kies dokter vir jou die storie wat die naaste aan die waarheid klink. Die eerste storie is dokter se storie: Ek hardloop agter Koos Klink aan en ek steek en ek steek. Dan val hy op die grond neer en ek staan oor hom en ek steek nog. Skielik skiet 'n klomp bloed net uit een gat uit en kom maak 'n mooi netjiese ronde kol op my rok.

"Die ander storie loop so: Ek jaag vir Koos Klink met die mes. Iemand slaan my van agter af oor die kop en ek lê laaits-out op die grond. Hy tel my mes op en steek vir Koos dood. Nou's ons mos by die Klinke se bokkraal, sien dokter? Hy kry 'n tiemas daar en vang van Koos se bloed op. Hulle sê mos 'n mens wat gesteek is bloei soos 'n vark, of hoe, dokter? Die man kom na my toe, draai my op my rug om en gooi die bloed op my rok uit dat dit so 'n netjiese ronde kol maak. Hoe lyk dit, watter een van die twee stories glo dokter?"

"Noudat jy dit so verduidelik, moet ek erken dit is seker moontlik dat die bloed op die rok uitgegooi is."

"Dankie, dokter, ek dink dokter het my baie gehelp. Maar dokter, ek wil nog oor die steke praat. Dit was darem, om dit nou so te sê, helse lelike steke?"

"Ja, Katryn, dit was verskriklike steke."

"Dokter sê vier van die steke op Koos was diep steke?"

"Dis reg."

Stadig maak Katryn die knopie onder aan haar lang mou los. Sy rol die mou so hoog op as wat sy kan.

"Dokter, dink jy 'n vroumens met so 'n dun arm sal sulke steke kan steek?"

"Ja-a-a, Katryn, as 'n fris en gesonde vroumens kwaad is, kan sy lelike dinge doen."

"Ook as sy meer as 'n myl gehardloop het?"

"Ek moet met jou saamstem, iemand wat so ver gehardloop het en nie hardloop gewoond is nie, sal baie moeg wees."

"Dokter moet ook onthou: ek is 'n vroumens en Koos was 'n jong man. Ek kon sy ma gewees het."

"Ja, Katryn, maar volgens die alkohol in Koos Klink se bloed kon hy nie baie sterk gehardloop het nie."

"Was Koos gedrink gewees? Dis die eerste maal wat ek dit hoor. Nou kan ek ook verstaan vir wat hy helder oordag met 'n oop gulp op my dogter gespring het. Daai mannetjie was 'n banggat wat sy dinge in die donker gedoen het. Maar sê vir my, dokter, hoekom praat jy nou eers van die drank? Hoekom het jy dit weggesteek?"

"Ek het dit nie weggesteek nie. Dat hy alkohol in sy liggaam gehad het, het nie saak gemaak nie, en ek is nooit gevra om dit te noem nie."

"Nou hoe sal dit nie saak maak nie, dokter? 'n Man drink hom dronk en dan loop hy na ander mense se plaas toe en daar wil hy vieslike goed aanvang met 'n jong meisiekind en jy sê dit maak nie saak nie? Jy sou 'n ander geraas gehoor het as my Lizzie 'n witkind was."

"Ja, maar Koos Klink staan nie aangekla in die hof nie. Al het hy 'n misdaad probeer pleeg, is hy verhinder voordat hy dit kon pleeg."

"En nou wil julle die ma ophang omdat sy die misdaad ge-keer het?"

"Soos ek dit het, word jy nie aangekla vir die keer nie, maar vir die moord op Koos."

"Glo dokter ek het dit gedoen?"

"Dis glad nie ter sake wat ek glo nie. My taak was om te getuig oor die wyse waarop Koos Klink doodgemaak is, en dit het ek gedoen."

"Nee, wag, dokter, jy antwoord nie wat ek vra nie. Noudat ons gepraat het oor die baie krag wat nodig was om 'n man vier keer diep te steek en oor die snaaksigheid van die een bloedkol op die rok, kom ek weer met die vraag: Glo dokter in jou hart dat 'n vroumens soos ek dit kon gedoen het?"

"Kom ek stel dit so, Katryn: Ek sal baie eerder glo dat dit 'n man se werk was, maar nou weet ek nie hoe sterk jy is nie. Julle Namavrouens wat saam met die mans in die tuine en landerye werk, kan meeste van die goed doen wat die mans kan doen.

En wanneer 'n mens geweldig kwaad is, kan sy krag maklik ver-
dubbel."

Katryn weet wanneer dit tyd is om die strop te laat skiet.

"Nou maar dankie vir dokter se geduld. Ek het nie meer vrae
vir dokter nie. En as dokter nou terug is daar in ons wêreld en
dokter sien miskien vir Salmon, sê vir hom ek stuur groete."

"Ek sal dit beslis doen, Katryn."

Die hof het verdaag vir middagete, en dis enkele minute voor
twee toe Katryn weer die trappies opstap na die hofsaal. Sy lig
haar kop en herken die figuur in die getuiebank as Doempies
Pieterse. Sy steek só vinnig vas dat sersant Snyders van agter af
in haar vasloop.

"Sorrie, sersant," mompel sy, haar knieë op die plek lam.

Sy gaan sit op haar plek in die beskuldigdebank, maar haar
oë bly op Doempies. Sy kan geheel nie glo wat sy aanskou nie.
Sy broek is spierwit en sy baadjie is pikswart, met twee flappe
wat so wegstaan. Om die knieë is die wit broek nou, maar by die
voete is die pype wyd soos 'n matroos se broek. Dit maak sy wit-
en-swart two-tone skoene byna heeltemal toe. Sy hemp skyn
helder soos 'n geelvink se bors en om sy nek het hy 'n rooi sylap
met swart kolletjies op, so ewe voor by die hemp ingesteek. In
die bosak van sy swart baadjie pronk 'n rooi sakdoek waarvan
die netjies gevoude punt boontoe opsteek.

Soos sy na Doempies kyk, voel sy weer die swaarte op haar
hart van daai dag toe Fluitjie met hom op Diepdrif aangeloop
gekom het. Daai dag toe sy met een kyk kon sien haar dogter is
nie meer die onskuldige meisiekind wat die Vrydagmiddag by
die huis weg is nie.

Die sitting begin en Doempies moet die eed sweer.

Katryn lag hardop toe hy sy vingers in die lug opsteek en
sweer dat hy niks anders as die waarheid sal praat nie, maar

sy laat vinnig haar kop sak toe sy sien die regter kyk in haar rigting. Ai jirretjie tog, wil sy vir die mense sê, om te lieg is mos vir Doempies Pieterse soos asemhaal.

Doempies se persoonlike gegewens word gevra en neergeskrywe en dan begin die staatsaanklaer met sy vrae.

"Ken jy die beskuldigde?"

"Ja, Edele, ek ken haar baie goed."

"Hoe ken jy haar so goed? Wat is jou verbintenis met haar?"

"Sy is my skoonma."

Katryn spring op asof 'n skerpioen haar gesteek het. "Skoonma se moer! Loskind by my dogter gemaak maak my glad nie jou skoonma nie!"

Regter Te Doorn ruk soos hy skrik vir die skielike uitbarsting.

"Orde, orde!" bulder hy. "Katryn Jonis, ek gebied jou vir die soveelste maal om nie uit jou beurt te praat nie! As jy beswaar wil maak, trek my aandag en doen dit ordelik. Verstaan ons mekaar?"

Katryn sak terug op haar sitplek. "Ja, U Edele."

Die regter kyk kwaai na die staatsaanklaer. "Meneer Joubert, ons het reeds twee keer oor hierdie saak gepraat. Sorg dat die getuies nie weer na die beskuldigde verwys as meneer Pieterse se skoonma nie. Gaan asseblief voort."

Die staatsaanklaer word rooi in die gesig. "Jammer, U Edele."

Hy draai met 'n frons na Doempies. "Meneer Pieterse, jy het gehoor wat die regter beveel het. Vertel nou vir die hof wat jou verbintenis met die beskuldigde is."

Doempies lyk kompleet soos 'n hond wat vet gesteel het, sien Katryn tevrede. Hom natuurlik flou geskrik toe sy so op hom skrou.

"Ek is die pa van haar oudste dogter se kind," begin Doempies. "Die ding dat ons nie getroud is nie, moet 'n man nie by mý kom soek nie. Fluitjie en ek het haar gesoebat dat ons kan trou, maar sy sê mos oor haar dooie liggaam sal sy dit toelaat."

"Kon julle nie sonder haar toestemming trou nie?"

"Haai, Edele, ek kan sien julle ken nog nie vir Katryn Jonis nie. Die dag as daai vrou vir haar dogter sê sy trou nie, dan trou sy nie en klaar."

"Waarom wil sy nie hê jy moet met haar dogter trou nie? Is jy te arm?"

"Nee, Edele, in ons wêreld is almal maar arm. As die liefde kom, dan kyk die man en die meisie net na mekaar. Die een vra nie eers wat die ander een het nie."

"Nou waarom dink jy wil die beskuldigde nie hê jy moet met haar dogter trou nie?"

"Oor die Klinke, Edele."

"En wie is die Klinke?"

"Nou hoe vra meneer dan nou vir my? Die Klinke is oom Abraham en ant Sophy wie se enigste seun Katryn Jonis met haar huismes doodgesteek het."

Katryn is onmiddellik op haar voete. "Doempies, jy lieg!" skree sy. "Ek het nie vir Koos Klink doodgesteek nie!"

"Die beskuldigde se beswaar word gehandhaaf," sê regter Te Doorn vinnig. "Daar word slegs bewéér dat sy die moord gepleeg het. Meneer Joubert, wys u getuie daarop dat niemand skuldig is alvorens skuldig bevind deur die hof nie."

"Ja, U Edele. Meneer Pieterse, beantwoord slegs my vrae sonder om jou eie afleidings te maak. Verduidelik asseblief aan die hof hoe die Klinke verband hou met die feit dat die beskuldigde jou nie wou toelaat om met haar dogter te trou nie."

"Nou sien, die Klinke se plaas, Bruinwater, is mos teenaan Diepdrif waar Katryn Jonis en haar mense bly. Nou as jy met yster op 'n vuurklip slaan, dan spat daar vonke. So spat daar vonke as 'n Klink en 'n Jonis by mekaar kom."

"Wat jy eintlik wil sê, is dat die verhouding tussen die Jonisse en die Klinke sleg is?"

"Sleg is nie woord genoeg nie, Edele, dis bleddie sleg."

"Het jy 'n idee wat hierdie twis tussen die twee families veroorsaak het?"

"Nee, Edele, daai is 'n geheim wat 'n man soos ek wat nog nie lank in Namakwaland bly nie, glad nie ken nie. Maar dít moet ek vir U Edele sê: ek dink die haat kom sterker van Katryn Jonis af as wat dit van die kant van die Klinke af kom."

"Dink jy hierdie haat van Katryn Jonis is so sterk dat as sy die dag 'n mes optel om te steek, sal sy diep steek?"

"O magtag, Edele, ja! As 'n Klink 'n klip is en hy kom staan voor Katryn Jonis, dan steek sy haar huismes hef toe in daai klip. My stories sal nooit vir hierie hof kan vertel hoe erg sy daardie arme mense haat nie. 'n Man moet dit self sien soos ek dit gesien het."

"Hoe voel jy self teenoor die Klink-familie?"

"Goed, Edele, goed. Die oom en die antie is goeie mense, ek sê vir jou hulle is die Here se mense. As die lewe daar by my skoon- . . . askies, ek bedoel by antie Katryn se huis so onvriendelik geraak het dat ek dit nie langer kon uithou nie, het ek altyd skelmpies na Abraham Klink se huis toe gegaan vir 'n bekertjie tee en 'n vriendelike geselsie."

"En volgens jou oordeel, meneer Pieterse, hoe het die Klinke teenoor die Jonisse gevoel?"

"Edele, jy moet die woord verskoon wat ek gaan gebruik, maar dit sal help om vir Edele goed te laat verstaan wat ek wil verduidelik. As 'n man elke dag jou gat skop, dan sal jy later lus kry om terug te skop."

Op die galery is daar 'n gegiggel, maar dit word gou stil toe die regter streng na die toeskouers kyk.

"Ek verstaan presies wat jy bedoel, meneer Pieterse," sê die staatsaanklaer, "maar ons moet let op die taal wat ons in die hof gebruik. Woorde wat vir julle op die plaas alledaags is, kan moontlik in die hof aanstoot gee."

"Is reg so, meneer."

Regter Te Doorn maak keel skoon. "Ek is bly u vermaan die getuie, meneer Joubert. Alhoewel ek toegeeflik sal wees en die getuies se agtergrond in ag neem, sal ek beslis nie toelaat dat die waardigheid van hierdie hof aangetas word nie. Gaan asseblief voort met die ondervraging."

"Meneer Pieterse, jy het nou aan die hof verduidelik dat daar 'n ernstige haat by die Jonisse, en veral die beskuldigde, teenoor die Klink-familie bestaan. Was dit jou indruk dat Abraham Klink die Jonis-familie met dieselfde vuur haat?"

"O nee, Edele. Oom Abraham was maar net kwaad oor antie Katryn aanmekaar sy familie vals beskuldig het. As 'n pot op die stoof oorgekook het, het die antie gesê dis die Klinke se skuld. Maar waaroor die Klinke die ongelukkigste was, was dat antie Katryn vir almal by wie sy gekom het, vertel het van die lelike goed wat die Klinke aan hulle doen. Omdat die mense die Klinke goed ken, wou hulle nie vir antie Katryn glo nie. Eerste was dit mos Port Nolloth se polisie wat gesê het sy maak net stories. Op 'n tyd het die Jonisse die telefoon dag vir dag warm gepraat met klagtes, maar sersant Koekemoer het gesê hy ry nie die goewerment se petrol uit agter liegstories aan nie."

"Maar was daar ook haat in die Klinke se harte teenoor die Jonisse?"

"Wag so 'n bietjie, ons praat nou hier van goeie mense. Hoeveel male het oom Abraham nie gesê hy voel jammer vir antie Katryn wat so 'n wrok dra nie. As hy maar net geweet het hoekom sy so voel, sou hy na haar toe gegaan het om dit te gaan regmaak."

Katryn se asem fluit in haar keel soos sy wil praat, maar

almal in die hof se koppe draai na haar toe. Sy byt op haar tande en hou haar bek.

"Gaan voort, meneer Pieterse," sê die staatsaanklaer.

"Nee, Edele sien, daar's nog hierie een ding van oom Abraham wat ek moet sê. Al is 'n mens ook hoe goed, kan jy dinge net tot op 'n sekere punt vat, en daar is één ding wat Katryn Jonis aan die Klinke gedoen het wat die oom nie uit sy hart kan sit nie."

"En dit is?"

"Dis die slag toe antie Katryn nie Joey se voorkind wou oppraat nie."

"Vertel vir die hof daarvan."

"Joey is mos oom Abraham se enigste dogter, en Lenatjie was sy enigste kleinkind. En antie Katryn is mos op hierdie oomblik die Namavolk se opprater. Nou oppraat werk só . . ."

"Die hof het al van oppraat gehoor. Ek dink nie dis nodig dat jy dit verder verduidelik nie. Vertel net wat gebeur het."

"Het jy haar self 'n kind sien oppraat, meneer Pieterse?" vra die regter.

"Nee, Edele, ek was self nooit by nie, maar ek weet van baie kinders wat sy opgepraat het. Ek het die kinders gesien."

Die regter leun terug in sy stoel. "Gaan voort met die getuienis."

"Nou ja, Lenatjie het mos uit oom Abraham se arms geval toe hulle met die melkkar Grootderm toe gery het. Die pad is vreeslik vol knikke. Antie Sophy en Joey is met haar na antie Katryn toe en sy het net verdom om vir Lenatjie op te praat. Hulle sê antie Sophy en Joey het op hulle knieë gekruip soos hulle gesoebat het, maar antie Katryn het net gesê sy sal nie haar asem op 'n Klink se kind mors nie. En dis dáái ding wat oom Abraham nie kan vergeet nie."

"Meneer Pieterse, kom ons gaan nou na die middag toe die moord gepleeg is. Ek verstaan jy was in die omgewing. Nou vra ek jou om so volledig as moontlik aan die hof te vertel wat op daardie Vrydagmiddag gebeur het."

Doempies trek die pante van sy swart baadjie styf na onder en skuif so effens aan die kolletjieserp om sy nek. Dan begin hy.

"Vrydagmiddae val ons mos 'n uur vroeër uit op die plaas. Net ná uitvaltyd vat ek toe my mouterkar en ry op Diepdrif toe. Ek wou nie ennerlik by die mense gaan kuier nie, want wie is dan nou lus vir 'n plek waar jy soos 'n sleg ding weggeja word, maar ek het vreeslik verlang na klein Mêrie, dis nou my dogtertjie.

"By die winkel het ek eers vir Mêrie 'n kardoes lekkers gaan koop. Toe ek Diepdrif se pad vat, het ek byna aangehou na oom Abraham en antie Sophy toe. Op 'n Vrydagmiddag is 'n man moeg en is jy nie lus om na 'n geskel te luister nie. Die laaste tyd was Katryn Jonis mos so: sien sy jou en sy het iets om oor te skel, dan skel sy jou, en het sy nie iets om oor te skel nie, dan skel sy jou ook. En Edele, ek was nie verkeerd nie. Toe ek so die werf inry, toe sien ek daar hang vandag weer bliksem en donnerweer in die lug. Toe weet ek sommer ek sal nie vanmiddag lank op hierie werf kan bly nie, ek is mos 'n man vir vrede."

"Wat het daar aangegaan?" vra die staatsaanklaer.

"Edele sien, toe ek stilhou, toe sien ek vir antie Katryn en oompie Salmon en Pietertjie voor die kookhuis staan en ek sien die antie se arms swaai soos 'n windpompwiel wat net twee lemme het. Maar die armswaai was nog niks, U Edele moes haar mond gesien het. Die spierwit skuim het voor haar mond gestaan en sy vloek en sy vloek en sy skel en sy skel en al die vloek en skel stort sy net uit op die arme Klinke. Julle sê hier in die hof ek praat lelike tale, maar julle moes dáái tale gehoor het."

"Kon jy agterkom waaroor sy so ontsteld was?"

"Dit het gegaan oor 'n ooi wat glo vermink was. Antie Katryn het gesê dis die Klinke se werk en toe vloek sy op die polisie wat haar nie wil kom help nie en later begin vloek sy op mý, ek wat doodonskuldig daar sit met 'n kardoesie lekkers vir my dogtertjie. Sy sê ek moet na die Klinke toe ry en vir hulle gaan sê Katryn Jonis sê van vanmiddag af sal daar net een wet langs die Grootrivier praat en dis die wet van haar kombuismes. Sy skree ook sommer op Pietertjie om die mes op die leiklip voor die kookhuis te gaan slyp."

"Wat doen jy toe?"

"Edele, al is sy kind ook daar, bly Doempies Pieterse nie op 'n plek waar hy sien die Satan staan nie. Net toe ek die starter druk, kom Fluitjie en klein Mêrie uit en kon ek darem vir my kind die lekkers gee. Ek sê vir Fluitjie hulle moet na haar ma kyk, want ek is seker daar gaan 'n aartjie in haar kop spring. Toe ek so wegry en nie meer vir antie Katryn hoor nie, toe voel dit nog altyd of die duiwel op my agtersitplek sit.

"Ek ry toe aan by oom Abraham en antie Sophy op Bruinwater. Hulle sit buite onder die doringboom, elkeen met 'n beker tee in die hand. Hulle is bly om my te sien en antie Sophy sê ek moet 'n beker in die kookhuis kry solat ek saam 'n teetjie kan drink."

"En wat gebeur toe?"

"Hulle vra of ek by my skoon- . . . of ek by die Jonisse aan was en ek vertel hulle toe dat ek vir Mêrie 'n paar lekkertjies wou gee, maar antie Katryn het so gevloek en geskel dat ek nie eers uit my mouter geklim het nie. Die oom vra toe waarvoor sy so vloek en ek sê hom toe die meeste vloeke word na hulle kant toe gevloek, glo oor 'n ooi wat 'n ding aangedoen is."

"Wat was die Klinke se reaksie?"

"Die oom het gelag en die antie het gelag. Hulle lag maar so, want die mense langs die rivier en die Port se polisie lag ook vir haar. Toe sê ant Sophy dieselfde ding wat ek vir Fluitjie gesê het: daar sal nog 'n aar in antie Katryn se kop spring, en op daai dag sal sy lekker lag, want antie Katryn is 'n moordenaar oor sy nie vir Lenatjie wou oppraat nie. Antie Sophy sê elke Sondag as hulle blomme op haar kleinkind se graf gaan sit, vra sy die Here om daai ding van Katryn nie te vergeet nie."

"Vertel nou vir die hof wat daarna gebeur het."

"Edele sien, ek het toe 'n bottel wyn uit die kar gaan haal wat mister Vlok vir my van die Port af saamgebring het. Die twee ou mense was so goed vir my dat ek gevoel het ek wil 'n bietjie vrolikheid met hulle deel. Ek het vir ons in ons bekertjies geskink en ons het 'n ietsie geniet."

"Was Koos en Joey nie by die huis nie?"

"Ek het vir die oom gevra waar's die kinders dan, toe sê hy Joey is die middag winkel toe en Koos is onder by die rivier by die bokkraal. As die ooie lam, kan bokwerk 'n groot werk wees, Edele. Die regte lam moet by die regte mame gebring word en die bies moet uitgemelk word en agterna moet die lammers weer in die hok kom. Ewenwel, toe ek nou my sopie agter die blad het, het ek eers die mense gegroet en gesê ek sal later weer 'n draaitjie kom maak as Koos terug is van die bokkraal af."

"Wat het toe gebeur?"

"Ek het toe sommer 'n bietjie gaan ry met my mouter om die skemering te geniet. Edele weet, April kan nog warm raak in ons wêreld, en dit was juis so warm daai dag. Net na sononder het ek weer op Bruinwater aangekom, maar Koos was nog nie by die huis nie. Joey was al terug, so ons twee het 'n bietjie geginnegaap en boontoe langs die rivier 'n entjie gaan loop en so aan. Later wou antie Sophy al vir ons 'n aandkossie voorsit, maar g'n stuk Koos nie. Dis toe wat ek en oom Abraham vir Koos by die bokkraal gaan soek het."

Doempies bly aangedaan stil en haal eers sy rooi sakdoek uit sy sak. Hy skud dit oop en vee oor sy gesig.

"En wat sien julle toe, meneer Pieterse?"

"Toe ons by die kraal kom, sien ek al die hekke lê oop en die bokke loop die wêreld vol. Ons kyk rond vir Koos, ons roep-roep, maar niks. Dis toe ons om die kraal loop wat ons dit sien."

"Wat het julle gesien?"

Doempies sug diep en vee weer oor sy gesig, boer by die oog-hoeke.

"Ag, Here, U Edele, moet ek dit dan nou vertel? Sal die Here tog vir Doempies Pieterse bewaar dat hy in sy lewe nie weer so 'n kyk hoef te kyk nie! Daar lê Koos op sy maag met sy gesig in die grond. Morsdood, Edele, my vrind was morsdood. Sy rug was baie vol bloed en daar was die mes nog in sy lyf."

"Het jy die mes herken?"

"Dadelik, U Edele. Dis 'n mes wat ek al baie gesien het en self in my eie hande gehou het."

"Waar het jy die mes vantevore gesien?"

"Dis Katryn Jonis se mes, Edele. Elke dag wat ek my voete in haar huis gesit het, het ek daai mes gesien."

"Wat het toe gebeur?"

Weer die diep sug, weer die sakdoek voor die oë.

"Ai, Edele, oom Abraham ... Ek weet nie of jy al gehoor het hoe 'n honger jakkals kan skree as hy teen die voordag nog niks gevang het nie, maar net so het die oom geskree. Sy skree was net baie harder. Ek bid elke dag dat ek nie weer 'n slag in my lewe 'n mens só moet hoor skree nie. As daar een is wat weet hoe die oom oor sy enigste seun gevoel het, is dit ek. Die oom hardloop toe tot by Koos en gryp die mes. Ek skree toe vir die oom: 'Laat los, oom, jy vat op die fingerprints!' Maar toe het die oom al klaar gevat."

"Kon julle geen spore sien nie?"

"Nee, Edele, daai moordenaar was mos slim – die hekke oopgegooi en die bokke het alle spore doodgetrap. Die polisie het ook oor spore gevra, maar toe hulle sien hoe die bokke se spore die wêreld vol lê, het hulle nie eers gesoek nie."

"Wat het jy toe gedoen?"

"Edele, ek het net aan oom Abraham gedink. Ek het vir my-self gesê vanaand moet ek die oom support soos ek nog nooit 'n mens gesupport het nie. Ek het hom huis toe gevat en hom 'n stywe wyntjie laat drink. Die moeilikste van alles was om vir ant Sophy te vertel dat haar seun dood is. Maar Edele, daardie ant Sophy het nie 'n traan gehuil nie. Al wat sy gesê het, was: 'Doempies, toe julle vroeër kraal toe geloop het, het ek geweet dis die tyding wat julle gaan bring.' Joey was buite haarself soos sy gehuil het, maar toe ek daar weg is, het ant Sophy net met wyd oop oë wat nie knip nie by die tafel gesit.

"Ek het toe Grootderm toe gery na mister Vlok toe en hom opgeklop en gevra om die polisie te bel. Toe is ek terug Bruinwater toe en ek het by die oumense gewaak tot die polisie donkermôre daar aangekom het."

"Baie dankie vir jou duidelike getuienis, meneer Pieterse. Geen verdere vrae nie, U Edele."

Regter Te Doorn kyk op van sy notas. "Meneer Joubert, ek dink ons het vandag goed gevorder. Al is dit nog taamlik vroeg, kan die hof nou verdaag. Dit sal aan die beskuldigde genoeg tyd gee om aan haar kruisondervraging te dink."

. Hoofstuk 9 .

KATRYN IS BENOUD. WAAR SY IN HAAR SEL op die ysterkateltjie lê, tap die sweet haar af.

Doempies Pieterse het haar hier in die Kaap kom gee wat sy al die tyd van hom verwag het: verraad. Verraad wat haar haar lewe kan kos. Toe dit met hom goed begin gaan, het hy sy rug op Fluitjie en sy eie kind gedraai. En vandag het hy in die hof kom liegstories vertel wat haar aan die galg kan laat hang.

Sy weet die Here het haar nóg 'n gawe gegee, en dis om deur mense te kyk. Sy het nog min 'n fout gemaak met 'n mens, en die allerminste het sy met Doempies Pieterse 'n fout gemaak. Toe Fluitjie die dag met hom by die huis aangekom het, het sy geweet hier staan nou 'n man wat jou en jou mense in die verderf sal insleep. En dis presies wat gebeur het.

Hoe begeer sy nie dat eerwaarde Schmidt nou hier moes wees om vir haar 'n gebed te doen nie. As sy net die ou swart Bybel wat op die kassie in hulle slaapkamer lê hier gehad het, sal dit ook al gehelp het. Sy kan nie lees nie, maar daai dag wat Fluitjie haar goed gevat het en by Doempies gaan intrek het, het sy laat die nag, toe sy nie kon slaap nie, die Bybel gaan optel en dit net gesit en vashou. Teen die voordag het daar kalmte oor haar gekom en sy het agter Salmon se rug gaan inkruip en vas geslaap.

Ek moet net kalm bly, dink sy. Soos Pa altyd gesê het: As jy hard wil baklei, moet jy kalm bly. Here, help my tog om kalm te bly.

Later sluimer sy tog in, en deur die Genade slaap sy deur tot ligdag toe. Sy was haar gesig met 'n bietjie water uit die blikbeker en eet die koue, onsmaaklike pap wat die bewaarderes bring.

Toe hulle haar vir die hof kom haal, is sy reg.

Doempies sit klaar in die getuiebank, maar hy kyk nie op toe sy by die hofsaal inloop nie, die slegasem. Vanmôre het hy 'n potblou hemp aan by die wit broek en die swart baadjie, blou strepiesakdoek wat punt staan.

Regter Te Doorn se stem kom van die bank af: "Die beskuldigde mag nou vrae aan die getuie stel."

Katryn staan op. Vandag is sy vriendelik, haar blou oë sag en 'n glimlag om haar mondhoeke.

"Môre, Doempies."

"Môre, antie Katryn."

"Gaan dit nog goed met onse mense by die huis?"

"Vir sover ek weet, gaan dit goed."

"Magtag, Doempies, maar 'n mens kan darem verlang in hierdie Kaap. Ek verlang na Salmon en die kinders, maar my grootste verlang is na my kleinkind, na Mêrie. Hy's mos nou te ougat."

Doempies grinnik. "Is waar, ja."

"Wanneer het jy laas vir Mêrie gesien?"

"Nie so lank gelede nie."

"Was dit dalkies daai Vrydagmiddag toe jy so ewe windgat met 'n kardoes goedkoop niekerbôls daar op my werf aangekom het? Wat praat ons nou, omtrent 'n maand, of hoe?"

"Ja, maar ek was die afgelope tyd baie besig gewees. En die liewe Here weet, as 'n man so sleggesê word soos jy vir my op Diepdrif sleggesê het, voel 'n man nie lus om weer daar te kom nie."

"Ook nie om jou eie kindjie te sien nie?"

"Ek sê mos ek was baie besig gewees."

"Te besig om te gaan kyk of jou kind nie iets nodig het nie? Of hy nie dalk siek is nie?"

"Ek was ook bang vir oom Salmon en vir Pietertjie, en ek weet nie of Fluitjie my daar wil hê nie."

"Het jy dan iets verkeerd gedoen, Doempies?"

"Ek het niks verkeerd gedoen nie. Moenie kom probeer verkeerde goed om mý nek hang nie. Vandat ek op Grootderm aangekom het, loop ek net 'n reguit pad."

"Was dit ook 'n reguit pad om 'n kind by 'n jongmeisie te maak en nou kyk jy nie eers of jou kind kos het om te eet nie?"

"Dis jóú skuld. Dis jy wat nie wou hê ons moes trou nie."

"En so sal dit ook bly. Maar ongetroud wees vat nog nie jou verpligting weg om na jou kind om te sien nie."

"Solank my kind op Diepdrif is, weet ek sy't kos om te eet."

"Maar jy gaan kyk nie eers een maal of hy nog gesond is nie?"

"Ek het mos gesê ek het vas gestaan by die werk."

"Nonsens, Doempies, jy is elke Saterdag en Sondag af. Hier kom loop jy in die Kaap soos 'n blouaap wat met sy gat in 'n paintblik geval het en jy sê jy't nie tyd vir rondkom nie?"

'n Gelag breek onder die toeskouers los.

"Stilte in die hof!" bulder die hofordonnans.

"Ek waarsku die toeskouers in my hof," sê die regter. "Hierdie plek is nie 'n sirkus nie en ek sal ook nie toelaat dat dit in 'n sirkus omskep word nie. As 'n gelag en rumoer weer losbreek, sal ek u die hof verbied. Sal die beskuldigde asseblief voortgaan."

Katryn hervat, haar stem sag en die vriendelikheid self.

"Doempies, waar is jy gebore?"

"Hier in die Kaap, in Distrik Ses."

"Wie is jou pa en jou ma?"

"My pa het ek nooit geken nie en ek onthou ook nie baie van my ma nie. Sy's dood toe ek nog klein was. 'n Dronk man het haar voor my oë doodgesteek."

"Het jy baie van haar geërf?"

"Geërf, antie Katryn, is jy mal? Ek het niks geërf nie, want sy't niks gehad nie."

"Dis snaaks, maar ek vra jou later weer daarna. Sê eers vir my hoe het jy hier uit die Kaap uit in ons wêreld gekom? Het jy met die Bitterfontein-trein gery?"

"Nee, ek is met die see langs, met die vis-trawler, al met die kus op tot by Port Nolloth."

"Het jy op die trawler gewerk?"

"Ja, ek het gehelp om tongvis te vang."

"Hulle sê dis nogal 'n lekker vis daai, net baie duur. Hoe het jy dan toe in die Port agtergebly?"

"Hoe meen antie nou?"

"Hoekom is jy nie terug saam met die trawler nie?"

"Daai klomp vistermanne het vir my weggery."

"Weggery? 'n Skuit ry mos nie vir 'n mens weg soos 'n mouterkar nie. Ek weet as daar 'n trawler buite die Port lê, gaan daar baie bakkies heen en weer see toe en land toe."

"Ek is nie juis 'n man vir die see nie. Ek kon later nie meer die elke dag se visruik vat nie."

"Met ander woorde, Doempies, jy't gedros. Nes jy van Fluitjie en Mêrie af gedros het."

"Dis Fluitjie wat van my af geloop het!"

"Nou as iemand met 'n man se kind wegloop, dan loop hy mos agterna om te sien hoe dit met die kind gaan?"

"Nie as die kind naby Katryn Jonis is nie! Ek kon nie jou ewige geskel vat nie."

"Is dit oor die skel en die slegsê wat jy gister so in hierdie hof gestaan lieg het?"

"Ek het nie gelieg nie!"

"Ons sal sien, Doempies, ons sal sien. Nou wil ek jou eers iets anders vra: waar was mister Vlok daai aand wat Koos Klink gesteek is?"

"Op die plaas. Ek het mos gesê ek het hom gaan opklop om die polisie te bel."

"Laaik jy vir mister Vlok?"

"Ek laaik hom sterk. Hy's 'n goeie man, hy't vir my werk gegee."

Skielik blits Katryn se oë en haar blik boor in Doempies se gesig.

"Almal langs die rivier praat dat dit nie net laaik is nie, jy's so diep in sy gat in opgekruip dat net jou twee skurwe hakskene uitsteek."

'n Gelag breek weer op die galery uit, wat gou vermom word as hoesbuie.

Regter Te Doorn bulder: "Die beskuldigde mag nie in die hof vloek nie! Hoeveel maal moet ek dit nog sê?"

Vir die eerste maal haal Katryn haar oë van Doempies af. Sy kyk na die regter en sien sy uitdrukking van onderdrukte woede. En op daardie oomblik sien sy nie die man van die gereg nie, maar haar oupa. Al die weersin wat sy vir hom gehad het, borrel in haar op en kook oor haar lippe.

"Wat vloek ek, hè? Noem vir my die vloeke wat ek vloek dat ek kan weet! Ek praat net met die man soos ons mense elke dag met mekaar praat. Dis die taal wat hy verstaan en wat ek verstaan. As ons Namakwalanders praat van moer en gat en bliksem en donner dan vloek ons nie mekaar nie. Dis gewone woorde wat ons uit die natuur om ons uithaal en in ons taal insit. Nou kom vat jy my taal uit my mond uit en jy knoop my hande agter my rug solat ek nie die dood van my lyf af kan weghou nie!"

Regter Te Doorn druk met sy hande op die bank voor hom asof hy homself wil oplig. Sy moeder se oë, hierdie vrou praat met hom nes sy moeder . . .

Eers wil die woorde nie kom nie, maar dan kry hy dit met inspanning uitgeforseer.

"Die feit dat jy vandag hier in die hof staan, en die feit dat jy alleen hier staan, is jou eie skuld. Jy het self jou advokaat ontslaan. Ek waarsku jou nou vir die laaste maal om op jou taal te let wanneer jy in die hof praat!"

"Nee, Edele, die probleem is dít: nes ek met hierdie mense wat van my kom staan en lieg op stryk wil kom, dan pootjie jy my, dan trap jy op my tong. Ek het net my tong om mee te baklei en op my tong kom sit jy jou voet. Sê vir my of dít is soos jou geregtigheid lyk, die witman se kammakastige geregtigheid! Sê vir my: Katryn Jonis, gaan sit op die bank agter jou en wag tot ek die hangmense laat roep om jou te kom haal. Of sê vir my: Gaan maar aan met Doempies Pieterse totdat jy die waarheid uit hom uit gekry het. Toe, meneer, sê vir my, sê vir my!"

Katryn se stem weerklink deur die hofsaal en sy bewe so groot as wat sy is.

'n Harde suising kom in regter Te Doorn se ore. Die brand-pyn op die krop van sy maag trek op in sy lyf, op, op, tot dit hom begin wurg soos twee hande wat sluit om sy keel. Net so het hy gevoel gedurende sy konfrontasies met sy moeder. Maar toe was hulle alleen en nou kyk 'n menigte oë na hom. Hy moet praat of hy moet vlug. Hierdie vrou is besig om hom te vernietig.

Eers toe hy wegkyk van Katryn, kan hy die woorde uitkry.

"Meneer Joubert, die hof verdaag tot later. Verduidelik aan die beskuldigde dat ek die saak gaan opskort totdat 'n advokaat vir die verdediging aangestel kan word."

Regter Te Doorn keer nie die middag terug na die hof nie. Hy vra sy klerk om die staatsaanklaer te laat weet dat hy ongesteld is en 'n geneesheer gaan spreek. Toe ry hy huis toe, want hy weet daar is niemand tuis nie.

Sy liggaam bewe só van ontsteltenis dat hy al sy kragte moet inspan om nie 'n ongeluk te maak nie. Die gevoel van neerslagtigheid wat op hom neersak, is soos 'n nat wolkombers wat om hom vou en die asem uit hom pers. Hy krimp ineen as hy dink aan die vernedering wat hy vanoggend in die hof moes deurmaak. Hy kon die uitdrukking van skok en verbasing op die gesigte van die aanwesiges lees toe daardie vrou hom so sonder respek aanspreek, en toe sy onmag om haar tot orde te roep.

Moet hy tog maar 'n sielkundige gaan spreek oor sy angsprobleem? Nee, sit hy die gedagte dadelik uit sy kop. Hoe verduidelik 'n man in sy gesiene posisie aan iemand anders dat sy moeder, wat al jare lank dood is, hom steeds uit die graf regeer? Dat die herinnering aan haar dreig om sy loopbaan te verwoes?

Hy ervaar 'n oorweldigende begeerte om te vlug, om net weg te kom van daardie vrou wat, elke keer as hy na haar kyk, hom laat voel asof hy in die oë van sy moeder kyk.

Hy druk vinnig 'n paar nodighede in 'n tas. Toe skryf hy 'n briefie aan Leona dat hy 'n inspeksie ter plaatse moet gaan doen en dat sy hom nie voor die volgende middag moet terug verwag nie. Hy klim in sy motor en kies koers uit die stad, neem die grootpad in die rigting van die Paarl.

Tussen die wingerde sien hy groepies werkers aan die skoffel. Hy verlang om by hulle aan te sluit, want dit voel as hy daar is en sy rug tam is en sy skouers geskaaf is en sweet sy hemp aan sy liggaam laat kleef, sal die pyn uit sy maag verdwyn.

Hy ry stadig deur die lang hoofstraat van die Paarl, aan tot deur Wellington en dan begin klim hy die Bainskloofpas. Maar vir die pyn op sy maag is daar nog geen verligting nie. Soos die motor se wiele voortrol, besef hy dat sy vlug tot mislukking gedoem is. Vir die verskriklike ding wat in hom skuil, kan 'n motor nie wegry nie.

Voor die hotel op die berg hou hy stil. Op die parkeerterrein staan daar 'n enkele motor.

Alles lyk so rustig en vreedsaam. Die son se strale val skuins op die blare van die bome wat byna die gebou toegroei. Aan die voorkant is die mure oortrek met klimplante met die helderste rooi en pienk blomme.

Hy stap die hotel binne en 'n ouerige ontvangsdame heet hom welkom.

"Goeiemiddag," groet hy. "Het u vir my 'n kamer?"

"Ja, meneer, hier is baie plek. U is maar die tweede gas vandag. Dis net oor naweke dat ons taamlik vol is, en as die rugbyseisoen eers begin, bars ons uit ons nate uit. Is meneer op pad binneland toe?"

"Nee, ek kom maar net 'n bietjie vars berglug inasem. Die rookgevulde lug in die stad wil my laat verstik."

"Dan is meneer op die regte plek. Vars lug is hier volop, en boonop is dit verniet. Dis net jammer ons kan nie vir meneer daarvan gee om saam te vat nie!"

In sy kamer trek Lukas gemaklike klere en skoene aan. Hy verlaat die hotel en kies die eerste bergpaadjie wat hy teëkom. 'n Gevoel van vryheid kom oor hom toe hy begin klim.

Die koue wind knyp-knyp aan sy lyf en ruk en pluk aan sy hare. Die lug wat hy inasem, is skoon en vars en 'n uitbundige gevoel styg in hom op. Hy vat aan die groot klippe langs die paadjie en dit voel of die spanning deur sy hande in die klippe intrek.

Uiteindelik loop die paadjie dood aan die bopunt van 'n diep kloof. Hy is eers spyt, maar dan besef hy dis goed dat hy nie verder kan loop nie, anders het hy aangehou totdat die donker hom in die berg oorval het.

Op die rand van die afgrond gaan staan hy langs 'n jong boom, slaan sy arm om die stam en kyk na die dieptes onder hom. 'n Ysige wind wat met die kloof opwaai, karnuffel sy lyf. Van waar hy staan, kan hy ver sien, tot waar die kloof uiteindelik om 'n loodregte krans verdwyn.

Die alleenheid, die diepte van die aarde wat voor hom weg-sink en die koue wind wat aan hom pluk, wek 'n gevoel van nostalgie in hom. Waarna is dit dat hy verlang? Na hulle groot ou dorpshuis daar in die Wes-Transvaal? Of na sy kinderdae?

O nee, nie na sy kinderdae nie. Dié was gevul met sy stryd teen sy moeder se oorheersing.

Of verlang hy dalk na sy pa? Hy onthou dat hy sy pa dikwels verkwalik het dat hy nie opgestaan het teen sy ma nie. Eers later, toe hy self ontdek het watter gedugte teenstander sy ma is, 'n teenstander wat nooit ophou of ingee totdat sy haar sin kry nie, het hy meer simpatie met sy pa gehad. As sy pa ook teen haar in opstand sou kom soos Lukas hom teen haar verset het, sou dit hulle gesin verwoes het. Nee, hy weet nie waarna hy verlang nie, maar die gevoel van verlange bly druk op sy hart.

Stadigaan wek die stilte van die natuur 'n ander gevoel in hom op: 'n begeerte om te bid. Hy beveg dit, want hy het so lanklaas gebid. En waarvoor sal hy vra as hy bid?

Dan, skielik, weet hy. As hy vanmiddag bid, sal hy vra om 'n krag te ontvang wat net so groot is as die krag wat uit daardie skraal vroutjie in sy hof straal. Maar nee, hy sal om 'n groter krag moet vra, 'n krag wat sterker is as haar krag. 'n Krag wat hom meer beheer oor haar sal gee.

Dié gedagte laat hom terugkeer na die werklikheid. So 'n versugting sal nie bewaarheid word as hy hier teen die kranse bly sit nie. As hy vir Katryn Jonis wil oorwin, sal hy moet teruggaan na sy hofsaal en daar met haar gaan kragte meet.

Toe hy omdraai en die terugtog na onder aanpak, weet hy

dis ook sý omdraaipunt. Wanneer die hofsitting môreoggend hervat, sal hy op sy pos wees.

Doempies staan voor die venster van die kamertjie in Roeland-straat wat hy met Abraham Klink deel. Hy voel benoud. Hy het nou net opgestaan om die venster oop te maak, net om te sien die venster is klaar oop.

Hy besef dis vrees wat hom so benoud maak. Vrees vir Ka-tryn Jonis. Hy was al baie in sy lewe bang, soos destyds hier in die Kaap toe hy bang was die bendes kom agter hy's 'n poli-sieverklikker, maar vandag se bang bring 'n beklemming op sy bors wat hy nie ken nie.

Vandag het hy vir Katryn op haar sterkste gesien. Hy twyfel of hy sal kan staande bly teen haar, en swig hy voor haar, sal hy baie verloor. En dit juis nou, net toe dit vir 'n slag begin goed gaan met Doempies Pieterse.

Hy het al 'n paar keer aan vlug gedink, maar hy weet dit sal nie help nie. Daar is orals oë. Vlug sal nie so maklik wees soos desjare toe die Kaap se strate vir hom te warm begin raak het nie.

Hy wens hy kon sy bekommernis met oom Abraham be-spreek, maar vandat Koos dood is, lyk dit of alles nie reg is met die oom se kop nie. Die oom stel in niks belang nie, hy is traag om te gesels en hy sit omtrent die hele dag net voor hom en uitkyk.

Die ander aand het die oom hom omtrent laat skrik. Doem-pies was die aand 'n bietjie uit en toe hy later inkom en die lig aansit, lê die oom met sy hande agter sy kop en met oop oë in die donker en kyk.

Dit was duidelik die oom slaap nie, maar hy vra toe maar: "Slaap oom?"

"Nee, Doempies."

"Oom, ek mik nou al lankal om vir oom iets te vra. Ek het

nooit gevra nie, want 'n mens is mos maar bang vir aanstoot gee, maar vanaand gaan ek vir oom vra."

"Vra maar, Doempies. Dan kan ek mos self besluit of ek sal antwoord."

"Oom Abraham, dit gaan oor julle Klinke en die Jonisse. Wat is die ding tussen julle twee families? Ek het al baie daar langs die rivier probeer uitvind, maar niemand kon my iets vertel nie. En almal met wie ek praat, wil net so graag weet soos ek. Die een ding waaroor almal saamstem, is dat dit 'n groot saak moet wees, want 'n kwaaivriendskap wat so erg soos julle kwaaivriendskap is, moes 'n helse oorsaak gehad het."

Oom Abraham het so lank stil gelê dat Doempies begin wonder het of daar nie 'n fout by die oom gekom het nie. Uiteindelik het die oom met 'n bewerige stem begin praat.

"Daar ís 'n oorsaak, Doempies, maar daai oorsaak is so groot dat ek dit nie alles in een aand vir jou kan vertel nie. Ek het nog vir niemand daarvan vertel nie, behalwe vir Sophy en my twee kinders. Hulle moes weet, want hulle moes my help om die dinge te doen wat ek moes doen. En nou is Koos dood . . ."

"Ja, oom, nou is my vrind dood."

"As ons weer terug is by die rivier en jy kom Bruinwater toe en jy bring 'n botteltjie soetwyn saam, sal ek daar langs die vuur vir jou my storie vertel. Daai aand moet jy nie haastig wees vir gaan slaap nie, want dit gaan 'n lang storie wees."

"Ek maak so, oom."

As oom Abraham só lyk, het Doempies geweet, is dit net 'n geselsie oor die ou dae wat hom kan opvrolik. Toe vra hy die oom moet hom weer vertel van die tierslaan. Dit het darem 'n bietjie lewe in die oom se oë gebring.

Dit sit nie in enige man se broek om 'n tier dood te slaan nie, het die oom sy storie begin. Die tierslaners wat hy geken het, het almal uit die Klink-familie gekom. Om 'n tier voor te staan en dood te slaan, vra behendigheid, maar veral moed en durf. En die Klinke was wyd en syd bekend vir hulle moed en durf.

Tierjag werk só: eers word die slagoffer gekies. In die Richtersveld word 'n tier nie sommerso doodgemaak nie. Die Namas glo daaraan jy moet 'n dier nie henner as hy jou nie henner nie. Dis net as 'n tier nie meer tevrede is met sy gewone kos nie – bobbejane, klipspringers en dassies – en begin vang onder die boerboklammers, dan moet hy dood. Want behalwe vir sy eie kinders is daar niks waarvoor 'n Nama so lief is as vir 'n huppelende boerboklam nie.

Op die môre van die jag word die tier se lêplek omsingel deur 'n klomp gewapende mans, net die dapperste van die dapperes. Eers nadat elke uitjaer sy plek gekry het, kom die slaner na vore. Sy enigste wapens is 'n dasvelkaros, styf om die een arm gedraai en met 'n riem vasgemaak, en 'n kort kierie met 'n swaar knop. Die kierie word ook met 'n riem om sy pols vasgemaak.

Wanneer die verwoede tier deur die uitjaers uit sy skuilplek gedryf word, moet die slaner só staan dat die tier hom eerste sien. 'n Tier wat jy in die dag van sy slaapplek opjaag, is 'n beneukte tier en 'n ding wat byt. Hy sal sonder om te huiwer afstorm op die eerste man wat hy sien. Dié stormloop moet die slaner vreesloos inwag. Huiwer hy, of verloor hy sy konsentrasie in 'n oomblik van skrik, wag daar 'n gewisse dood op hom.

Wanneer die tier spring, moet die slaner sy karos-arm vir die oop kake aanbied. Sodra die slagtande in die karos wegsink, word die hou geslaan. Vir daai hou het die slaner slegs 'n breukdeel van 'n sekonde. Die knop van die kierie moet die ondier presies op die bopunt van die skedel tref. As die hou op die regte plek val, sterf die tier oombliklik, maar as dit net effens van die merk af is, het die slaner groot probleme, want kans vir 'n tweede hou is daar nie. Sodra die tier sy kake sluit, bring hy sy agterpote met die naels uitgesteek op vir die skop. Waar daai pote skop, waai klere en vleis asof dit 'n spinnerakkie is.

"Wragtag, oom! Het oom ooit die tierslaan gedoen?"

"Nee, Doempies." Oom Abraham het swaar gesug en omgedraai op sy bed. "Teen die tyd wat ek 'n bekwaam jongetjiesmens was, was daar nie meer manne oor wat tierslaan geken het nie. So sterf die ou gebruike maar uit."

. Hoofstuk 10 .

REGTER TE DOORN EN DIE ASSESSORE NEEM hulle plekke in.
Doempies het nog nie na Katryn gekyk nie, maar sy kan sien
hy voel haar oë op hom. Hy lyk glad nie so windmaker soos toe
hy sy getuienis gelewer het nie.

Sy kyk op na die regter, maar hy is aan't praat met die man
langs hom. Hy het haar vroegoggend uit die hofsel laat haal
na sy kantoor toe en toe was dit amper 'n lelike storie. Sy moes
behoorlik bek lek en stert swaai dat hy haar nie die hof belet en
'n advokaat kry om te sorg dat sy aan die galg kom nie. Sy het
geblo om haar van nou af te gedra en haar humeur in te hou en
hy het gesê dis haar laaste kans, haar héél laaste kans.

Die regter skuif sy papiere reg en dan kyk hy op. "Die kruis-
ondervraging kan nou voortgaan."

Katryn maak keel skoon. Sy leun vooroor en vat die reling
voor haar vas en dan begin sy.

"Môre, Doempies."

"Môre, antie Katryn."

"Ons is mos gister gehenner toe ek jou gevra het of jy vir
mister Vlok laaik."

"Ja, ek onthou."

"Nou wil ek graag so 'n ietsie meer van Port Nolloth weet.
Waar het jy geslaap toe jy die trawler geslip het?"

"By die kreefhope."

"Ek het al gehoor hoeveel kos daar aan 'n kreefbors is, veral as die pote nog aan hom is."

"Ja, dis baie kos."

"Het jy van Port Nolloth gehou?"

"Die plek is nie so sleg nie."

"Hoekom het jy dan nie daar gebly nie?"

"Nee, o magtag, die Port se water is te sleg."

"Nou praat jy darem 'n waar ding, Doempies. Ek het geproe toe ek daar in die tronk gesit het en dit smaak mos nes ... Wag, laat ek nie die woord sê nie. Hier maak die witmense mos van 'n ding wat 'n mens elke dag doen 'n vloekwoord."

"Ek weet wat antie wil sê. Hy smaak nét so."

"Hoeveel het jy vir mister Vlok gebetaal vir die trip plaas toe?"

"Ek het hom nie betaal nie."

"Hoekom nie? Hy vra dan net 'n halfkroon."

"Ek het nie geld gehad nie."

"Ja, ek skat so. Om hotnot te wees beteken om arm te wees. So, meen te sê, Doempies, jy't kaal by die Grootrivier aangekom. Maar as ek so na jou klere kyk, gaan jy nie kaal daar weg nie. Vandag al weer 'n nuwe hemp."

"Ek het mooi agter my geld gekyk. Dis my eie geld wat hierdie klere gekoop het."

"Ja, so mooi het jy agter jou geld gekyk dat jou eie kind vandag in 'n ander man se oog moet kyk vir 'n stukkie kos. Maar sê my, wat betaal hulle deesdae 'n dag op die plaas?"

"Twee sjielings en rantsoene."

"Dis nie sleg nie. Salmon en ek het nog net 'n daalder gekry. Sê vir my, Doempies, waar bêre jy jou geld?"

"In die poskantoor. Mister Vlok het vir my 'n boekie gekry."

"Ja, dis maar waar Salmon en ek ook ons geld hou."

Die uitdrukking op Katryn se gesig verander eensklaps. Sy leun oor die reling van die getuiebank en steek haar hand na Doempies toe uit. Dit blits uit haar oë toe sy praat.

"Gee jou boekie hier dat ek sien."

Doempies steier terug of 'n muil hom geskop het. "E . . . e . . . ek het hom nie hier nie."

"Nou maak jy nie mooi nie, Doempies. Ek staan nog so mooi met jou en praat en dan lieg jy vir my." Katryn se stem styg hoër. "Het jy nog nie geleer jy kan nie vir my lieg nie, Doempies Pieterse? Ek sien hoe druk jou boekie in jou binnesak." Dan skree sy die woorde uit: "Haal hom uit, haal hom nóú uit!"

"Ja," sê Doempies verdwaas, "ek haal hom uit."

Hy haal die boekie uit sy binnesak en staan daarmee in sy hand. 'n Hofkonstabel kom nader, vat dit by hom en gee dit vir Katryn.

Sy kyk op na die bank. "Ek kan nie lees nie, Edele. Kan iemand vir my lees hoeveel geld in die boekie is?"

Regter Te Doorn kyk na die aanklaer. "Sal u omgee as ek my klerk, mevrou De Wet, vra om te lees?"

"Nie in die minste nie, U Edele," antwoord hy.

Ansie de Wet kom vorentoe en neem die boekie. Sy maak dit oop en vra vir Katryn: "Wat moet ek lees?"

"Ek wil weet hoeveel geld daar nou in die boekie is."

Ansie lees: "Eenduisend driehonderd en sewe pond."

Katryn slaan haar hand verbaas oor haar mond. "Kan dit so baie wees? Is dit regtig soveel? Mevrou, sê vir my, wanneer is die geld ingesit?"

"Hier is by drie geleenthede geld inbetaal."

"Sê vir my wanneer die eerste klomp ingesit is."

"Verlede jaar, op 8 Augustus."

"En die tweede klomp?"

"Drie maande later, op 6 November."

"En die laaste?"

"Vanjaar, op 28 Maart."

Katryn se oë flits triomfantelik. Sy draai na Doempies.

"Dis mos die Saterdag voor Koos Klink gesteek is. En soos ek die storie geverstaan het, is dit ook die dag wat jy jou nuwe mouter gekoop het?"

Doempies antwoord nie. Hy staar verstar na Katryn en sweet stroom van sy gesig af.

"Toe, Doempies, praat met my! Jy't daai swaar vrag geld in jou posboekie gaan sit én nog genoeg oorgehou om vir jou 'n mouterkar te koop, of wat praat ek alles?"

"Dit het niks met jou te doen nie, hoor jy my! My geld en my boekie is private."

"O, dit het nie? Dit sal ons nog sien, Doempies. Maar sê vir my, het jy vir die man al sy geld gegee toe jy die mouter gekoop het, of so 'n bietjie op 'n slag?"

"Dit het niks met jou uit te waai nie!"

Weer styg die toon van Katryn se stem. "Al die geld, Doempies? Sê vir my."

"Ek het hom al sy geld gegee. Ek is nie 'n man vir skuld nie."

"So glo ek en Salmon ook. Kontant betaal is die beste betaal."

Toe Katryn voortgaan, hou sy haar stem mooi sag, katvriendelik.

"Nou sê vir my, Doempies, daar's meer as 'n duisend pond in die boekie en dan het jy nog die mouterkar gekoop en daai mooi klere en die skoene ook. Maar is die geld nie 'n rapsie te min nie? Vir al die tyd wat jy met diamantstelery besig is, moes jy mos al baie meer geld gehad het."

Doempies se mond val oop. Hy staar met 'n geskokte uitdrukking na Katryn. Sy maak of sy van g'n sout of water weet nie, praat net voort.

"Nou maar, Doempies, solank jy nog dink, vra ek maar intussen die groot vraag. Jy wag seker al vir daai vraag, en ek dink die hof wag ook al vir daai vraag. Jy moet mooi dink voor jy praat, want jy't seker al agtergekom die hof is nie 'n plek vir lieg nie. En jy weet, lieg is mos 'n snaakse ding. Jy dink nog jy speel met hom, dan speel hy met jou.

"Hier kom die vraag: Wie het vir jou die geld gegee waarmee jy daai mooi klere en die mouterkar gekoop het en wat jy in jou posboekie gesit het? Sê vir my sy naam, Doempies, ek soek sy naam."

Doempies staan doodstil. Katryn Jonis se stem dreun in sy ore. Van die eerste dag wat hy op Diepdrif gekom het, vrees hy daardie stem. Hy vrees alles aan haar. Maar hy vrees veral die deurdringende kyk in haar blou oë.

"Toe, Doempies, praat! Almal wag vir jou. Vertel vir die hof waar jy die geld gekry het. Jou bek het aanmekaar so glad geloop, wat steek hy nou vas? Maak los jou tong en spoeg die koutjie uit!"

Met 'n stem wat bewe van benoudheid sê hy: "Dit het niks met jou te doen nie. Ek sê vir jou jy is verdomp en jy is beneuk so groot as wat jy is. Vir elke mens wat naby jou kom, maak jy moeilikheid. Klim nou een slag van my nek af! My posboekie en my mouterkar het niks met jou uit te waai nie. Hoor wat ek vir jou sê: totaal niks. Ek staan hier in die hof oor oom Abraham en ant Sophy se kind wat doodgesteek is, ons staan nie hier om my geld te tel nie. Vra vir my wie se mes die steekwerk gedoen het en wie se rok vol bloed was."

Katryn se stem is kalm en beheers toe sy sê: "Nou dan vra ek jou, Doempies, kom vertel jy nou vir die hof: wie het vir Koos Klink doodgesteek?"

"Jy het! Dis jou mes en jou rok wat die evidence dra!"

"Nee wag, Doempies. Ék gaan nou vir jóú vertel hoe die vurk

in die hef steek. Jy het diamante gesmokkel, jy en mister Vlok en Koos Klink. Daai Vrydagmiddag toe jy met jou nuwe mouter op my werf aangekom het, het ek jou uitgevang, en ek het op jou gesig gesien hoe jy jou vrek skrik. Toe moet jy vinnig 'n plan maak om Koos Klink se bek toe te kry, en Koos met sy dronk lyf en sy spulsgeit gee vir jou net die regte kans. Jy't daai middag g'n met jou mouter 'n entjie gaan ry nie, jy's reguit van die Klinke se huis af bokkraal toe om vir Koos te soek. Jý is die man wat my katswink geslaan het en jý is die man wat vir Koos doodgesteek het!"

'n Trek van waansin kom oor Doempies se gesig. Hy begin gil sodat mense op die galery die asem verskrik intrek.

"Nee-e-e! Nee-e-e! Jy's Kaaiman, ek sê vir jou jy's Kaaiman. 'n Hotnosmeid met blou oë is Kaaiman. 'n Mens wat dooie mense oppraat is Kaaiman. Gaan weg, gaan weg!"

'n Hofkonstabel spring vorentoe en vat Doempies aan die arm. Doempies stamp hom weg dat hy agteroor steier.

"Vat haar hier uit!" gil hy. "Sy's Kaaiman! Kyk na haar oë en jy sal sien sy's Kaaiman!"

Die volgende oomblik spring hy los bo-oor die reling van die getuiebank. Hy storm deur toe en skouer 'n konstabel dat hy op sy rug val. Toe is Doempies by die deur uit voor enigeen kan keer.

'n Verslae stilte daal neer. Só iets het niemand nog ooit in hierdie hof beleef nie.

Regter Te Doorn tik met sy hamer op die bank. "Meneer Joubert, u getuie het baie haastig vertrek, maar ek dink nie hierdie hof is klaar met hom nie," sê hy. "Dit sal die polisie seker 'n rukkie neem om hom op te spoor. Intussen verdaag ek die hof tot môreoggend tienuur."

"Ek is jammer, U Edele. Ek vra die hof om verskoning vir meneer Pieterse se gedrag," sê die staatsaanklaer, duidelik onthuts.

"Net een vraag, meneer Joubert: die getuie het die woord Kaaiman gebruik. Ek het dit nog nooit vantevore gehoor nie. Is hier miskien iemand wat vir ons kan sê wat daarmee bedoel word?"

"Ek dink die enigste persoon wat ons daarmee kan help, is die beskuldigde," sê die staatsaanklaer.

Regter Te Doorn kyk na die beskuldigdebank. "Kan jy ons help, mevrou Jonis?"

"Alte seker, U Edele. Kaaiman is 'n ding waarmee ons die kinders langs die Grootrivier bang maak. Hy's 'n klein mannetjie met 'n lang stert en hy bly in die diep kuile. As 'n stout kind verbyloop, skiet hy sy lang stert uit en vang die kind en trek hom onder die water in."

Die regter glimlag effens. "Dit klink mos soos die Noordweste se tokkelos. Goed, die hof verdaag nou tot môreoggend."

Abraham Klink sit op 'n bankie aan die onderpunt van die gang. Sy lyf is weggesteek in die voue van sy ou swart pak wat 'n nommer of twee te groot is vir hom, en sy gesig is verberg onder die breë rand van sy hoed. Dis net die hoed wat die aandag van verbygangers trek. Uit 'n breë band van luiperdvel rys 'n pragtige pienk flaminkveer.

Abraham sit en wag vir Doempies. Sonder Doempies beweeg hy nie van die bank af weg nie.

Skielik is daar 'n geraas bo in die gang. 'n Deur klap en mense skree. Terwyl Abraham nog sit en wonder wat aangaan, kom 'n konstabel nader. Dié sê vir hom dat die hof tot môreoggend verdaag, want die getuie het weggehardloop.

Doempies! dink Abraham verslae. Dis natuurlik oor daai duiwelskind van 'n Katryn Jonis hom so geversondig het met vrae. Hy wat Abraham is, weet hoe baie Doempies al onder daai vroumens se tong moes deurloop.

Sonder Doempies is hy verlore. Hy weet nie eers hoe om by die gebou uit te kom nie, wat nog te sê om sy kamer by die losieshuis in Roelandstraat te kry.

Hy kom stram regop en loop in die gang af, draai regs by die eerste hoek waar hy moet links draai. By die volgende hoek draai hy weer verkeerd.

Daar kry 'n konstabel hom. Abraham verduidelik hy is moer toe verdwaal, en die konstabel is gewillig om hom na die losieshuis te vat.

In die kamer is daar nie 'n spoor van Doempies nie. Sy klere en ander goed is nog nes hy dit die oggend gelos het.

Abraham trek sy baadjie uit en hang dit op, maak sy kruisbande los en gaan sit op sy bed. Hy trek die swart kerkskoene uit wat hom so druk en maak hulle netjies voor die bedkassie staan. Toe sak hy agteroor op die bed, sy hande agter sy kop.

"Ja, ou Doempies," praat hy op na die gevlekte plafon toe, "plaas ek nou die aand my storie vir jou gevertel het. Dis maar 'n bitter storie vir 'n ou man . . ."

Abraham onthou soos gister die dag toe die witman by hulle staning in die Richtersveld aangekom het. Hy was toe nog 'n jong seun, skaars ses winters oor hom gehad.

Daardie dag het donderwolke uit die noorde gekom en dit het net genoeg gereën om die aarde skoon te was. Teen die namiddag het die wolke na die weste verskuif en het die laatsonnetjie agter die horison ingesak. En onder daardie wolke het die witman op sy vosperd uitgery gekom. Met die breë voetpad wat die sandvlaktes met die see verbind, het die witman op sy perd die klomp matjieshuise genader, 'n volgelaaide handperd agter hom aan. Hy het voor die groot matjieshuis van kaptein Petrus Klink die perd ingetrek en afgeklim.

Teen dié tyd was elke kind wat kon loop om die witman

vergader. Alles aan die witman was vir Abraham so groot. Sy lang, geel bos baard het hom nog groter laat lyk. Die langste van die Namamans het skaars tot by sy skouer gekom.

Die kinders het hulle verwonder aan die perd se saal, maar die ding waarvan hulle nie hulle oë kon afhou nie, was die geweer. Hulle het al so baie gehoor van die vuurstok wat raas en van ver af doodmaak, en nou sien hulle dit hier voor hulle oë.

Nog iets wat Abraham nooit sou vergeet nie, was die witman se twee blou oë. Dit was die eerste maal wat hy sulke oë gesien het, blou soos die lug op 'n wintersdag.

Daardie aand, op die rand van die vuurkring, het Abraham vir die eerste maal die klanke van 'n konsertina gehoor. Dit was klanke wat vrolik gemaak het, nes die drank wat die witman saamgebring het en wat hy soos water in die grootmanne se bekers geskink het. Teen die tyd wat die laaste houtstomp uitgebrand was, het hulle soos dooies in die sand lê en snork. En donkermôre het die witman vir Tiema op haar slaapmatjie oorval en haar van hulle weggeroof. Toe die dag breek en die Namas wakker raak met die groot kopseer en die bitter dors, was die witman op sy vosperd al ver weg, Tiema soos 'n slagskaap op die handperd vasgemaak.

Ai, sy Tiema . . . Abraham se oë raak vol trane as hy aan sy grootmaakma dink, sy eie ma se jongste suster en sy oupa Petrus se lieflingkind.

Petrus Klink was soos 'n gewonde tier. Hy het die sterkste mans en die beste spoorsnyers bymekaargemaak, en die vrouens het inderhaas asbrood gebak en die watersakke volgemaak. Teen die middag het hulle die sandpad gevat, maar die witman se voorsprong was te groot. Eers teen douspoor die volgende môre het hulle hom ingehaal, maar hy het hom teen 'n koppie verskans en vanuit sy skuilte die Namas afgemaai met sy geweer.

Abraham se eie vader het gesterf in daardie slagting, en sy oupa is in die been gewond.

Van toe af het net agteruitgang vir sy mense gekom. Daar was 'n gerou en 'n geweeklaag vir maande aaneen, en met soveel van die mans dood het die boerderye begin verval. Die gesaaides by Ploegberg vir broodkoring het elke jaar minder geraak en die veetroppe het gekwyn. Grofgoed en fyngoed het deurmekaar geloop en daar was gedurig 'n bakleiery oor suipplekke en weiding. Petrus Klink kon nie die dood van sy eerste skoonseun en die verlies van sy oogappel te bowe kom nie. Sy ystersterke leiershand het swak geraak en sy kapteinskap het gewankel.

Maar die ergste was die drankduiwel wat die witman saam met hom gebring het. Petrus Klink het sy seuns telkemale gestuur om vee te gaan verhandel vir drank, en hy was kort voor lank hopeloos verslaaf aan die bottel. Jaar vir jaar het hulle verarm, tot in die ellende in.

Abraham onthou die pyn van hartseer en angs in sy liggaam. Dit het 'n sweer geraak wat nie wou oopbars nie, wat binnetoe vergiftig het. Met sy vader dood en Tiema weg, was daar net sy moeder om na op te kyk, en hy het haar voor sy oë sien verskrompel soos opslag wat deur die ooswind verskroei word. Tot daar net harde, droë bitterheid van haar oorgebly het.

Hy was 'n jong man van goed in die twintig toe sy ma hom eendag laat roep het. Toe hy haar daar op haar karosse sien lê, het hy geweet sy is besig om dood te gaan. Sy het sy hand gevat en vir hom gesê: "Abraham, loop soek die witman wat die verwoesting oor ons en ons mense gebring het. Loop soek sy kinders en sy kinders se kinders en dan slaan jy hulle harder as wat hy ons geslaan het. Hárder, hoor jy vir my?"

Hy het haar gebelowe. Hy het daardie dag 'n heilige eed ge-

sweer dat hy sal wraak neem op die nageslag van Barend Goosen,
en sy moeder het haar laaste asem uitgeblaas en in vrede ge-
sterf.

. Hoofstuk 11 .

T OE REGTER T E D OORN SY SITPLEK SAAM met die assessore op die regbank inneem, sien hy dat die getuiebank nog leeg is.

"Meneer Joubert, ek neem aan dat u die getuie Doempies Pieterse nie kon opspoor nie?"

"Hy is opgespoor, U Edele, maar ek is bevrees dat hy nooit weer in die hof sal verskyn nie. Hy is vanoggend dood in Distrik Ses aangetref. Die polisie sê dit lyk soos moord, moontlik die werk van 'n diamantsindikaat."

'n Sug van teleurstelling styg uit die galery op. Hulle het die hof vanoggend volgepak om die tweestryd tussen die beskuldigde en die getuie te aanskou.

Katryn se kop draai. Sy moet die bank voor haar vasgryp om haar balans te hou. Doempies se doodstyding is vir haar soos 'n hou tussen die oë. Sy was so seker dat sy vandag die volle storie uit hom sou kry oor wat by die bokkraal op Bruinwater gebeur het. Sy het al gesien hoe klim sy op Bitterfontein se treintjie en oor nog twee dae staan sy op haar eie werf.

Vuilgoed, dink sy. Van jou kop tot jou tone was jy 'n vuilgoed toe jy nog gelewe het, en nou met jou dood is jy 'n nog groter vuilgoed. Jy het my en my familie in die rug gesteek, maar nie een van daai steke kan vergelyk word met die steek wat jy my vandag gesteek het nie.

"Dis 'n jammerte dat sy kruisondervraging nie voltooi kon word nie," sê regter Te Doorn. "Dit sal by die oorweging van die getuienis in gedagte gehou word."

"Ek verstaan, U Edele," sê die staatsaanklaer. "Ek is gereed om my volgende getuie te roep, die vader van die vermoorde Koos Klink. Hy sal die staat se laaste getuie wees. Die staat roep Abraham Klink."

Katryn se ore begin suis. Dit klink of die naam deur die hofsaal eggo: Abraham Klink ... Abraham Klink ...

Die ou man in sy te groot swart pak lyk of hy net dieper in sy hoekie wil inkruip soos 'n doodhouertoktokkie. Toe die hofordonnans 'n tweede keer met hom praat, staan hy op en skuifel in die rigting van die getuiebank.

Dis die eerste maal in sy lewe dat Abraham Klink 'n hofsaal betree. Sy oë dwaal oor die baie mense wat van die galery af op hom neerkyk. Die drie manne op die regbank laat hom voel asof hy onder die Oordeel staan. Hoeveel graagter sou hy nie nou by sy huisie op Bruinwater wou instap nie. Hy lek oor sy lippe; hy is dors. Dis omtrent die tyd wat sy liewe Sophy vir hom sy eerste beker soet swart tee van die dag bring.

Dan val sy oë op Katryn Jonis in die beskuldigdebank. Hy voel hoe die bloed in sy kop opstyg dat hy effens duisel, maar hy vat die bank voor hom vas en trek sy skouers fier agteroor.

Hy luister aandagtig toe die rympie van die eed aan hom voorgelees word, steek sy vingers op en sê met 'n klokhelder stem: "So help my God."

"Waar is jy gebore, meneer Klink?" vra die staatsaanklaer.

"Ek, Abraham Petrus Klink, is gebore op die neënde van Novimber in agtien-een-en-negentag, meneer. Daar by Ploegberg in die Richtersveld, op die voorvaderlike weigronde van kaptein Petrus Klink van die Namas, dáár is ek gebore."

Die staatsaanklaer vra vir Abraham uit oor die wêreld waar

hy grootgeword het. Hy vra hom oor die berge, die Gariep en
die vee wat hy weet so naby aan die ou Nama se hart lê. Abra-
ham voel al meer op sy gemak. Sy stem word met elke antwoord
helderder.

"Was jy ooit op skool, meneer Klink?"

"Nee, Edele, ek was nooit in 'n skool nie en ek wil ook nooit
in 'n skool wees nie. Al sê hulle vanmôre vir my ek kan verniet
skool toe gaan, dan gaan ek nie. Toe my kinders grootgeraak
het, het ek vir Sophy gesê sy moet mooi verstaan: nie die voet
van een van my kinders in 'n skool nie."

"Nou waarom dan nie?"

"Omdat die heel beste mense wat Abraham Klink in sy lewe
geken het nooit in 'n skool was nie, en die heel slegstes wat hy
geken het, het op die skoolbanke gesit. In die skool leer mense
van die dinge van die duiwel. Hulle leer skelm wees, hulle leer
van die beste maniere om mekaar te besteel en hulle leer van
die slimste maniere om mekaar dood te maak. Dis in die skool
wat hulle geleer het om die geweer te maak, waarmee baie van
onse mense en ook my eie pa doodgeskiet is. Dis in die skool
wat hulle geleer het om in die lug te vlieg om ander mense nog
beter dood te maak soos toe die Jermanne hulle bomme op
onse mense by Kuboes gegooi het.

"My skool en die skool van my vrou en my kinders was die
wêreld daar buite net soos Elotsê hom gemaak het. Daai wêreld
is vandag nie meer so mooi soos wat Abraham Klink hom geken
het nie, en die skuld daarvoor moet jy gaan soek by die mense
wat in skole gaan leer het.

"In die skool van die Richtersveld waar ek geleer het, het
ons hard geleer. Ons het geleer van reëns en van droogtes, ons
het geleer van vet jare en maer jare, maar ons het ook geleer van
lewe en van dood. Ons het geleer dat jou hart kan vol word van
blydskap en dat hy weer kan leeg loop van hartseer. Ek staan

vandag hier in die Kaap, U Edele, met 'n hart wat heeltemal leeg is van die smart oor my kind wat doodgesteek is, en ek kom soek dat jy hom net weer 'n klein bietjie vol sal maak as jy straf sal bring oor daai vroumens wat hom gemoor het."

"Ken jy vir Katryn Jonis, meneer Klink?"

Abraham kyk lank en stip na die beskuldigdebank.

"Ek sien hom en ek weet van hom, maar ek ken hom nie. Net soos 'n mens van die duiwel weet maar hom nie ken nie, so weet Abraham Klink van Katryn Jonis, maar ken, ken ek hom nie. As ek die duiwel geken het, het ek hom ook geken, want daai vrou is die duiwel self. Maar Edele moet net vra, ek sal jou baie van Katryn Jonis kan vertel."

"Wat kan jy die hof vertel?"

"Katryn Jonis maak mense dood. Eers was dit Lenatjie, Joey se dogtertjie, en toe my enigste seun, Koos."

"Wat bedoel jy met die doodmaak van Joey se dogtertjie?"

"Lenatjie was besig om te sterwe en Joey en my vrou het hom na Katryn toe gevat om hom op te praat. Katryn het gesê die kind kan maar in Joey se arms sterwe, maar hy sal nie 'n Klink se kind opraat nie. Dis mos niks anders as die werke van 'n duiwel nie, Edele. Katryn Jonis is die Namavolk se opprater en as Elotsê oppraatkrag aan 'n vrou gegee het, is dit nie vir die een kind opraat en die ander een laat doodgaan nie. Die opprater moet elke kind wat gebring word vir opraat opraat, so nie maak hy dood."

"Meneer Joubert, bepaal u asseblief by die geskilpunt," sê die regter. "Die hof stel nie belang in die sogenaamde oppraatvermoë van die beskuldigde nie. Die hof stel slegs belang in die moord op Koos Klink."

"Soos dit u behaag, U Edele. Met respek wil ek net daarop wys dat die hoofdoel van meneer Klink se getuienis is om motief aan te toon. Hy lewer getuienis oor die dood van sy kleinkind om aan die hof te bewys hoe groot die beskuldigde se haat teenoor die Klink-familie is. Dit is selfs so intens dat sy bereid was om 'n kindjie te laat sterwe sonder om 'n poging aan te wend om haar te help."

"Goed, ek begryp. Gaan asseblief voort."

Die staatsaanklaer draai terug na die getuiebank. "Het jy die moord op jou seun gesien, meneer Klink?"

"Nie gesien nie, nee. Sulke duiwelswerk word mos in die donker gedoen, waar niemand kan sien nie."

"Weet jy of meneer Pieterse gesien het hoe die oorledene gesteek word?"

"Nee, Edele, Doempies was by ons in die huis voor ons vir Koos gekry het. Die ding het só gewerk: dit het laat geraak en Doempies het saam met my kraal toe geloop om te gaan kyk waar Koos bly. Hy het die mes gesien en hy het op die plek geweet wie die moordenaar is. Dis Katryn Jonis, want dis sy mes wat nog in Koos se rug gesit het."

"Het jy meneer Pieterse geglo?"

"Ek het hom geglo, hoekom sou ek hom nie geglo het nie? Ek weet Doempies lieg partykeer, U Edele, maar met só 'n skrik op jou lyf lieg 'n mens nie. Met 'n man wat jy goed geken het voor jou dood op die grond is daar nie plek in jou hart vir liegstories nie. Ek het Doempies daai aand geglo en ek glo nog steeds dat hy die waarheid gepraat het."

"Nou maar goed, kom ons gesels 'n bietjie oor die vete tussen die Klinke en die Jonisse. Kan jy vir die hof vertel wat die oorsprong van die twis is? Waar het dit begin?"

"Ek is baie jammer, Edele, maar ek sal nie weet wat in Katryn Jonis se kop aangaan nie. Al wat ek vir Edele kan sê, is dat dit met Lenatjie se dood begin het. Van toe af het daai vrou ons getreiter, getreiter, getreiter. Kort-kort die poelieste op Port Nolloth gebel om oor ons te kla: ons het dit gedoen, ons het dat gedoen. Die poelieste het nie eers een keer gekom oor al daai liegstories nie, hulle het gesien dis net 'n kwaadstokery. Maar vir wat daar so 'n haat teen die Klinke by Katryn Jonis is, dié weet ek nie. As jy die oorsaak van daai haat wil weet, moet jy hom maar self vra. Daar sit hy."

"Ek verstaan, meneer Klink. As jy nou terugdink aan die dood van jou kind, kan jy dink aan iets spesifieks wat op daardie dag gebeur het wat die beskuldigde so woedend kon gemaak het dat sy hom met die mes aangeval het?"

"Nee, Edele, ek kan weer nie sê wat daai verskriklike haat geveroorsaak het nie. Maar die haat van Katryn Jonis wat ek oor die jare leer ken het, was nie 'n haat wat 'n spesiale iets nodig gehad het om daai vrou na 'n mes te laat gryp nie. Soos met Lenatjie, soos met al die liegstories by die poelieste. Dis alles duiwelswerk, dis goeters wat 'n mens mos nie kan verstaan nie."

"Ek sien. Meneer Klink, ek het nog net een vraag vir jou. Hoe sê jou hart vir jou en hoe sê jou verstand vir jou: wie het jou kind vermoor?"

Abraham draai hom om in die getuiebank sodat hy reguit na Katryn kan kyk. Hy kom regop soos 'n Namakryger wat voor sy kaptein staan. Hy lig sy regterarm, en voor by die te groot mou steek sy wysvinger soos die punt van 'n spies uit. Dit mik sekuur na Katryn, tussen haar oë.

Sy stem vul die hofsaal toe hy antwoord: "Daai vrou het, die een met die bruinmens se vel en die witman se oë. Hy het ook my kleinkind laat doodgaan toe hy nie die werk gedoen het wat Elotsê hom aangesê het om te doen nie. Hang hom op! En as daar hulp nodig is met die hangery, sal Abraham Klink kom help, sonder om 'n pennie se betaling te vra."

Meneer Joubert wend hom tot die regter. "Geen verdere vrae nie, U Edele."

Regter Te Doorn kyk na Katryn. "Is die beskuldigde gereed om met haar kruisverhoor te begin?"

Trots lig Katryn haar kop en sê: "Ek is reg vir hom. Vir baie jare is ek al reg."

Maar Abraham Klink het verskrompel in sy sitplek. Hy leun vooroor in die getuiebank terwyl sy hele liggaam ruk en bewe. Die hofordonnans spring op om hom te help.

"Edele, dit lyk of die getuie hewig ontsteld is," sê die staatsaanklaer. "Dis reeds naby middagete. Indien ons nou verdaag, kan ons stiptelik om tweeuur begin."

Regter Te Doorn tik op die bank. "Goed, die hof verdaag tot tweeuur."

Die sel waar Katryn sit en wag is koud, maar ten spyte van die koue is sy natgesweet. Sy weet dis benoudheid wat die sweet uit haar liggaam pers.

Sy is bang vir die konfrontasie wat op haar wag. Vandag het sy haar vyand op sy beste gesien. Abraham Klink was skitterend in die getuiebank, en sy kon nie anders as om hom te bewonder nie. Deur die jare was sy altyd bang vir daai man, maar vandag het sy geleer om hom regtig te vrees. Hy't sy draaie met die tong gegooi fyner as 'n tkamma wat voor 'n windhond uithol.

Sy weet sy het net een kans om teen hom te wen: sy moet agter die rede kom vir al die onmin en sabotasie deur die jare. Maar hoe kan sy dit agterkom as die man verseg om daaroor te praat?

Sy dink skielik aan haar pa en dit pyn in haar soos sy na hom verlang. Hoe trots was hy nie altyd op haar nie. Hy het graag gesê: "Waar 'n jongetjieskind al lankal moed opgegee het, sal hierdie meisiekind van my nog aangaan."

Trane wel in haar oë op. "Ek sal vandag perbeer om op my

voete te bly, Pa," prewel sy. "Maar Pa het self gesien hoe uit-geslape is hierdie man. Dis soos Eerwaarde gesê het: 'Die bose het die krag van 'n brullende leeu.'"

. Hoofstuk 12 .

TOE DIE HOFSITTING HERVAT, is Abraham Klink se gesig nog
bleek, maar hy staan fier en regop in die getuiebank.

Voor Katryn met haar ondervraging begin, bid sy oor en
oor: Here, help my om nie kwaad te raak nie. Haar pa het altyd
gesê: "As twee manne baklei en jy wil weet wie die verloorder
gaan wees, moet jy soek vir die man wat eerste kwaad raak."

Toe sy haar eerste vraag stel, is sy verbaas dat haar stem so
kalm is.

"Wat het Doempies die dag van Koos se dood by jou huis
gaan soek?"

"Hy't geselskap kom soek. Hy't gesê op Diepdrif kry 'n mens
nie geselskap nie, net vloek en skel. En as 'n man die week lank
in die son op die lande gewerk het en Vrydagmiddag kom, soek
jy 'n plek waar daar vrindskap en vrede is."

"Maar hierdie kamtige vriendskapsoekery by julle kom al
oor baie maande. Wil jy vir my sê dis normaal as 'n man elke
naweek vlak by sy kind verbyloop en nie eers een keer gaan kyk
hoe dit met hom gaan nie? Was daar nie ander goed wat hy by
jou huis gaan soek het nie?"

"Waffer goed sil daar gewees het? Doempies was bang vir
jou. Hy kon jou gevloek en geskel net nie meer vat nie. Daai
middag toe hy die lekkertjies vir sy kind gevat het, het hy

heel gebewe van ontsteltenis soos jy met hom aangegaan het."

"Hoekom was hy dan nie vroeër bang toe hy elke naweek sy pens op Diepdrif kom dik vreet het nie? Ek het toe ook met hom geraas: omdat hy lui was en homself nooit ordentlik gewas het nie en nie ordentlik vir my dogter gesorg het nie. Ek het nog vir Salmon gesê hier is 'n man wat nie vir slegsê skrik nie, dit kom al sy lewe lank met hom saam. Nee, oom Abraham, Doempies het nie by Diepdrif verby gery omdat hy bang was vir skel nie, en hy het ook nie Bruinwater toe gery agter vriendskap aan nie. Ek dink daar is ander goed wat hom Bruinwater toe getrek het."

"Soos wat?"

"Vandat Doempies by julle op Bruinwater begin koek het, het hy skielik geld gehad om rond te gooi. Hy't grênd nuwe klere begin dra en sommer nou die dag in 'n duur mouterkar begin rondry. Vertel 'n bietjie vir die hof wat die man op Bruinwater gekry het dat dit skielik so goed met hom gegaan het."

"Doempies het vir my gesê vandat jou meisiekind hom gelos het, het hy darem weer 'n geldjie vir homself gehad."

Vir die eerste maal bespeur Katryn 'n klank van onsekerheid in Abraham se stem. Nou weet sy sy is op die regte spoor met haar vrae. Sy loods haar aanval uit 'n ander hoek.

"Dis darem wragtag 'n mooi mouterkar waarmee Doempies daai middag gery het. Het oom ook die mouterkar gelaaik?"

"Ja, dis 'n mooi mouterkar. Ek het hom sterk gelaaik."

"As oom die mouterkar so sterk laaik, hoekom koop oom nie jou eie mouterkar nie?"

"Dit sal die dag wees wat jy vir Abraham Klink in so iets inpraat! Ek koop nie goed wat kan staan en breek en in ons wêreld so maklik in die sand vassit nie."

"Maar as die lus vir koop oom die dag vat, dan kan oom koop?"

"Ek wíl nie koop nie. Daai lus kan maar kom, hy sal niks met my regkry nie. En ek kán nie koop nie. Sulke geld groei nie op ons Klinke se rugge nie. Los die mouterkoopstorie. Jy sukkel met 'n dooie storie."

"Ek sal die storie los, maar sê my, oom, waar bêre oom jou geld? In die poskantoor in 'n boekie?"

"Jy sal so wragtag nie kry dat ek my geld in 'n boekie indruk nie, want in sulke geld glo ek nie. Ek wil nie my geld lees nie, ek wil dit in my hand vat of in my trommel sit solat ek daarna kan kyk."

"O, dan hou oom dit in 'n trommel? Sukkel oom nie al om die deksel toe te kry nie?"

"Ek weet niks van 'n trommel af nie. Los nou my geldsake uit. Jy het daar niks mee te make nie."

"Niks mee te make nie? Dis wat Doempies ook gesê het, en toe ek dieper krap, toe hardloop hy soos 'n verskrikte haas hier uit en sny sy vrinne sy keel af in die nag. Laat ek vir oom sê: ek het daar baie mee te make. Want dis van mister Vlok en Doempies en Koos se diamantstelery dat Koos vandag onder die grond lê. Nou wil ek weet: wie het nog saam met hulle gesteel? Het oom saam gesteel?"

Abraham Klink steier terug op sy voete. Dan gryp hy die reling voor hom vas.

"Ek is g'n diamantsteler nie!" skree hy op Katryn. "Jy lieg! Jy lieg! Jy lieg soos jy al die jare daar langs die rivier van my en my familie gelieg het. Jý het my kind doodgesteek. Dis jóú mes en jóú rok wat daar op die tafel lê!"

Katryn kan sien die diamantstorie is 'n groot skok vir die oom. Dan het hy waaragtig nie geweet hulle koester vir Doempies Pieterse soos 'n adder aan die boesem nie.

Sy leun vorentoe en pen Abraham Klink met haar oë vas. "Nóú kom ons by die saak waarop dit eintlik aankom: die saak van lieg. Oom het mos al die jare vir die poelieste en vir die mense langs die rivier gelieg. Elke keer wat ons gekla het oor ons goed wat gebreek is of ons diere wat aangedoen is of ons lusernmiedens wat aan die brand gesteek is, het oom gelieg dat julle niks met dit te doen gehad het nie. En almal het julle geglo, want die Klinke is dan sulke goeie mense. Sersant Koekemoer glo ék is die een wat gelieg het en die halsregter met sy rooi jas aan glo dit ook, maar hier is vandag twee mense in die Kaap wat weet dat ek nie gelieg het nie, oom Abraham, en dis ek en jy. Hierdie ding het begin op die nag wat my pa aan die bloedhoes gesterwe het, en jy het sy nagedagtenis onteer deur jou broek op sy vars graf los te maak!"

Daar is geskokte uitroepe van die galery se kant af en 'n onderlangse gepraat klink op, maar dit word dadelik stil toe die regter kwaai in daardie rigting kyk.

Vir die eerste keer van hulle aanmekaar gespring het, sien Katryn dat haar hou getref het. Abraham Klink se mond gaan oop en hy suig met lang, swaar teue asem in. 'n Gevoel van oorwinning styg in haar op, maar dan herstel haar vyand.

"Jy lieg, Katryn Jonis, ek sê vir jou jy lieg. Daar staan nie 'n mens op sy voete wat kan kom sê Abraham Klink slag anner-mense se vee en Abraham Klink doen vieslike goed op 'n dooie man se graf nie."

"Ek sê dit vir jou en ék staan op my voete."

"Ja, maar vir hoe lank? Sê vir my hoe lank? Kortendag swaai daai voete in die lug."

"Maar onskuldig, oom Abraham, onskuldig. Kom ek vertel jou wat daai Vrydagmiddag met Koos aangegaan het: hy het vroeg uitgeval en hy het begin suip en hy was lus vir moeilikheid maak. Toe sny hy een van ons ooie se hakskeensenings af. Maar dit was nie genoeg nie, want hy het aangehou suip. En toe my meisiekinders by die rivier kom, het hy vir Lizzie gegryp om sy dronk lyf op haar af te dwing. Meanwhile het sy moordenaar, Doempies Pieterse, sy nuwe mouterkar kom afshow op die Jonisse se werf. Ja, ek en Doempies hét woorde gehad daai dag. Ek het hom laat verstaan dat ek weet van sy gesmokkel en hy het hom vrek geskrik en gat skoongemaak – reguit Bruinwater toe, want hy en Koos moes 'n plan maak. Net jammer Doempies het toe alleen die plan gemaak, en daai plan was om vir my laaitsout te slaan en vir Koos dood te steek met my mes en om al die skuld op my te pak. Sommer twee vlieë met een klap, het daai skollie seker gemeen. En nou staan ek hier met die galgtou om my nek en ek baklei vir my lewe. As jy toelaat dat hierdie hof 'n onskuldige mens skuldig verklaar, sal daar bloed aan jou hande wees. Vir die res van jou lewe sal jy dit weet: daar is bloed aan jou hande!"

Katryn het gehoop om met dié aanspraak haar vyand te laat verkrummel, maar haar woorde het net die teenoorgestelde uitwerking op Abraham Klink. Sy gesig vertrek in 'n grynslag en sy oë priem in hare.

"Jy vra mos nou daarna, Katryn! Jy vrá mos," sis hy dit uit. "Goed, ek sal jou sê: ek sal bly wees as jy vrek, want jy is van Barend Goosen se bloed. Jy dink jý is belangrik, maar jy is nie. Dis nie vir jóú wat ek al die jare gejag het nie, dit was jou wit oupa wat ek wou bykom. Dit was op sý kind se graf wat ek my maag skoongemaak het en dit was lekker, lekker, l-e-k-k-e-r om dit te doen! Met elke hou wat ek op jou ingekry het, het ek geweet die ou wit vuilgoed krul van pyn in sy graf. As 'n man namens sy mense wraak soek, stop hy nie by sy vyand se graf nie. Nee, dis waar hy met sy wraak begin. Want elke hou wat hy slaan op sy vyand se mense, kom met dubbele slae op sy vyand se rug. Elke vloek wat hy by 'n nasaat se graf vloek, kom met 'n dubbele steek in sy vyand se ore, en die vuil wat hy op 'n nasaat se graf los, gaan sit in sy vyand se neusgate. Jou wit oupa was die vuilgoed wat met sy geweer en sy kanne drank en sy skelm planne by my mense aangekom het om vir hom 'n vrou te roof. Sê die naam Trooi Klink vir jou iets, Katryn? Ja, dit was jou ouma wat jy nooit geken het nie, maar vir ons was sy Tiema, sy was my grootmaakma en dit was haar karrienaam. Jou oupa het haar gegryp en met haar weggejaag, weg van haar mense af, weg vir altyd om soos 'n hoervrou in sy huis te gaan bly en vir hom basterkinders in die lewe te bring. Één kind het sy gebaar, en toe het sy gesterwe aan 'n gebroke hart. Ons weet dit, Katryn, want ons mense het vir ons die tyding gebring van "Kai |Gûis af. Weet jy wat is die pyn van 'n jong seun wat sy grootmaakma verloor? Weet jy hoe 'n magtige Namakaptein kan ondergaan van smart oor sy geliefde dogter? Weet jy hoe raak 'n Namastam uitmekaar geskeur as die mans uitgeroei raak en die witman se drank die res vir hom vat? Weet jy hoe my moeder voor haar tyd gesterf het van bitterheid en 'n hart wat in stukke gebreek is? Dís wat jou oupa aan my en my mense gedoen het, en dáárom haat ek hom en haat ek jou. Het julle Goosens dan gedink 'n mens sal in sy lewe so iets vergeet? Nee, Abraham Klink het nie vergeet nie, en so lank hy lewe, sal hy nie vergeet nie. Hy sal nie vergeet hoe Barend Goosen se geweer sy mense afgemaai het nie, en hoe ouers oor hulle kinders en vrouens oor hulle mans en kinders oor hulle pa's gekerm en gehuil het nie. Hy sal ook nie vergeet hoe sy mense voor sy oë verarm en verellendig het nie, omdat die witman hulle trots in hulle doodgemaak het. By my moeder se sterfbed het ek met 'n heilige eed gesweer dat ek al hierdie onregte sal wreek, en ek het my gelofte gehou. Jy is vuilgoed, Katryn Jonis, laat jy vrek aan die galg!"

Toe Abraham ophou praat, stroom die sweet oor sy gesig. Sy asem jaag en sy skouers beweeg op en af soos hy met lang teue lug intrek.

'n Doodse stilte hang in die hofsaal. Terwyl die ou Nama

gepraat het, het niemand beweeg nie. Sy vertelling, sy belydenis uit die binneste van 'n verontregte siel, het almal geraak.

Katryn staan met haar vuiste teen haar wange geslaan en staar met wydgerekte oë na Abraham Klink. Nooit in haar dag des lewens het sy kon dink om te hoor wat sy vandag gehoor het nie. Vir wat het die ou man tot op hierdie dag gewag om met die hele storie uit te kom? Al die jare se onenigheid en onmin en onsmaaklikheid was mos pure verniet!

Sy haal diep asem, en haar stem is sag toe sy begin praat.

"Oom Abraham, sê in Godsnaam vir my hoekom jy moes wag tot jou enigste seun vermoor is voor jy met die waarheid kon uitkom? Nou staan die één mens wat jou kon gehelp het met die galgtou oor die kop!"

Hy antwoord nie, staar net na haar, sy lippe op 'n dun lyn.

"Ek sal jou sê hoekom," praat Katryn harder. "Jy het stilgebly en stilgebly oor jy 'n lamsakkige lafhart is! Luister nou mooi na my, maak jou twee ore wyd oop dat jy kan hoor wat ek sê: Barend Goosen was net soveel my vyand as wat hy jou vyand was. Hy het my pa van jongs af verstoot en ons kinders soos weggooigoed behandel, veral vir my. Ek was die grootste gemors van almal, want ek was mos van my dag af parmantig. Ek het gestaan tussen my oupa en sy groot begeerte dat die mense moet dink hierdie ou man met sy wit bos baard is 'n ordentlike mens. Hy wou hê die predikant en die onderwyser en al die vername mense van die Baai moet dink hy is 'n watse man, maar ek, sy kleinkind met die blou oë, was die bewys dat hy draadgekruip het. Waar ook al die witmense my gesien het, het hulle agter die bakhand gesê: 'Dis mos ou Barend Goosen se basterkleinkind daai.'

"Die ou man was skaam vir my voor die dorpsmense, maar die heel skaamste vir my was hy voor sy eie witkinders. Ek het hulle elke dag laat onthou watse soort mens hulle pa was. As my oupa my van die aarde af kon laat verdwyn, sou hy nie vir een oomblik gewag het om dit te doen nie. Toe hy dit nié kon doen nie, het hy my op 'n ander manier bygekom: hy het van my meer hotnot gemaak as 'n gewone hotnot. Die meeste het hy my voor sy witkinders beledig en verneder. Toe ons klein was, het ons nog saam gespeel, maar hy het hulle aanmekaar verbie, solat hulle my later weggejaag het as hulle sien die ou-man kom aan. Toe sy kinders skool toe is en hulle vir hom sê Katryn vra of sy ook skool toe kan gaan, het hy my laat haal en my voor hulle uitgeskel en gesê: 'Mister Huisamen het nie die skool hier gekom begin vir hotnoskinders nie. Wat sal van die witkinders raak as die hotnoskinders met hulle stink lywe op die skoolbanke tussen hulle begin indruk? Onthou nou mooi wat ek vandag vir jou sê: 'n hotnot is in die wêreld gebring om vir die witman te werk en vir niks anders nie. Julle het nie lees en skrywe nodig vir graafspit en vee oppas nie. Dit moet laaste wees wat ek 'n woord uit jou hoor oor skool toe gaan.'

"Dís hoe my oupa oor my gevoel het, my oompie. Só lyk die man wat jy elke maal wat jy mý te na gekom het, in sy graf wou laat krul. Ek, Katryn Jonis, wat meer Nama is as wit!"

Voor haar oë sien Katryn hoe Abraham Klink al kleiner krimp in sy groot swart baadjie, en 'n jammerte vir die ou man kom in haar op.

"Nou het ek nog een woord vir jou, oom Abraham," sê sy sag. "Dis 'n woord wat jy saam met jou moet terugvat Bruinwater toe. Sê vir ant Sophy dis die woord wat Katryn Jonis vir haar stuur: dat ek jammer is oor Joey se dogtertjie se dood. Ek is vandag bitter spyt dat ek nie vir Lenatjie wou oppraat nie, en dis 'n spyt wat vir altyd soos 'n maalklip op my hart sal bly sit. Enige straf wat hier in die hof oor my kom, sal ek vat soos dit die Here behaag, want ek sal dit sien as my straf omdat ek haar lewetjie uit my hand laat glip het. Heel laaste moet jy vir haar sê ek sweer voor die Here dat ek nie vir Koos doodgesteek het nie. Nou het ek klaar gepraat."

Regter Te Doorn kom met 'n skok terug na die werklikheid. Hy moes nie toegelaat het dat hierdie hofsitting so buite orde raak nie; hy moes lankal die geredekawel tussen die getuie en die beskuldigde stopgesit het. Hoekom het die staatsaanklaer nie ingegryp nie?

Hy kyk na François Joubert, maar die verslae en moedelose uitdrukking op dié se gesig laat hom besef dat hy geen hulp uit daardie oord kan verwag nie.

Hy tik met sy hamer op die bank en kyk streng na Katryn. "Die kruisondervraging moet bepaal word tot slegs die onderhawige saak, nie allerhande ander kwessies nie."

"Dan het ek geen verdere vrae nie, Edele," sê Katryn met 'n helder stem. "Alles wat ek oor die jare wou geweet het, weet ek nou."

Sy tree terug en gaan sit op die bankie agter in die beskuldigdebank.

Regter Te Doorn kyk na die getuiebank. "Jy word verskoon, meneer Klink. Jy mag 'n plek agter in die hof gaan inneem."

Alle koppe draai in die rigting van die ou man. Asof versteen bly hy staan. Sy kneukels is wit soos hy die reling voor hom vasklem en hy staar voor hom uit sonder om sy oë te knip. Eers toe die ordonnans aan sy skouer vat, kom daar beweging in hom. Terwyl hy uit die getuiebank tree, maak hy sagte geluidjies soos 'n kleinhondjie wat nie sy ma se tiet kan bykom nie. Op die agterste bank in die hofsaal word 'n plekkie vir hom ingeruim.

Regter Te Doorn draai na die staatsaanklaer. "Het u enige verdere getuies, meneer Joubert?"

"Nee, U Edele. Meneer Klink was die staat se laaste getuie. Die staat sluit hiermee sy saak."

Die regter wend hom tot Katryn. "Mevrou Jonis, die staat

het sy saak teen jou gesluit. Jy kry nou die geleentheid om die aanklag teen jou te verdedig. Het jy enige getuies wat jy wil roep?"

"Nee, Edele, ek het geen getuies nie, en ek het ook geen getuies nodig nie. Daar is niemand wat nog iets vir hierdie hof kan kom vertel wat nie klaar gevertel is nie."

"Wil jy die geleentheid hê om self getuienis af te lê?"

"Om te wat? Wat sal ek nog kan sê wat nie alles klaar gepraat is nie? Soos ek met die getuies gepraat het, het ek ook my storie gevertel. Die één man wat ons kon sê wie die moordenaar is, het weggehardloop en is keelaf gesny voor . . ."

"Dis nie nou die geleentheid om 'n toespraak te maak nie. Kan ek aanneem dat jy ook jou saak sluit?"

Katryn knik en skuif haar kopdoek reg. "Ja, Edele."

"Goed, ek neem dan finaal aan dat die beskuldigde haar saak sluit. Die hof verdaag tot Maandag, wanneer ek van die staat en die verdediging sal verwag om betoë te lewer," sê regter Te Doorn ferm.

Toe hy in sy kantoor kom, gaan staan Lukas te Doorn oudergewoonte voor die venster. Hy staar na Tafelberg en sy gedagtes maal soos die wit wolke wat in die sterk wind oor die berg borrel en oplos in die wind.

Die pyn is terug op die krop van sy maag, en dis met 'n naar gevoel dat hy dink aan die toneel wat hom pas in die hof afgespeel het. Wat sy kollegas van hom moet dink omdat hy nie eerder in daardie sirkus ingegryp het nie, wil hy liewer nie weet nie. Maar hy was totaal in die ban van dit wat hy daar gehoor het, en dit was presies die woorde wat hy nié wou hoor nie.

Hy het reeds gister die verslag van die privaatspeurder gekry, maar nadat hy dit deurgelees het, het hy dit onmiddellik opgeskeur. Want dit het bevestig wat hy van die begin af vermoed het: hy is van moederskant verwant aan Katryn Jonis. Die noem van die naam Barend Goosen vanmiddag in die hof was die finale bevestiging, en sonder enige twyfel, want sowel die naam as die datums stem ooreen.

Barend Goosen, het die privaatspeurder bevind, was sy moeder se oudste broer. Hy was die swartskaap van die familie en het as jong man van sewentien in 1890 uitgewyk Namakwaland toe. Die laaste wat die familie van hom gehoor het, het hy inderdaad in die Richtersveld gewoon. Daarna het hulle kontak verloor en nooit weer van hom of enige moontlike nasate gehoor nie.

'n Bewerasie trek deur Lukas se lyf toe die gesig van Katryn Jonis voor sy geestesoog verskyn. Daardie skerp blou oë, die trotse houding, die dominerende stem . . . dis sy moeder uitge-knip. Met Katryn Jonis in die beskuldigdebank is dit so goed asof hy oor sy moeder se lot moet beslis, oor haar lewe of sterwe.

. Hoofstuk 13 .

MAANDAGOGGEND IS DIE HOF WEER STAMPVOL, soos nog elke dag wat dié opspraakwekkende moordsaak in die Hooggeregshof voortduur. Op die lamppale basuin die oggendkoerant se plakkate dit uit: *Mes-vrou wag op haar lot*.

Regter Te Doorn knik vir meneer Joubert dat hy kan begin.

Die aanklaer staan op, skuif die papiere in sy hand reg en begin praat. Ná die eerste paar sinne is dit vir almal in die hof duidelik dat hy sy toespraak deeglik voorberei het.

Die grootste deel van sy betoog wy hy aan die getuienis van Doempies Pieterse. Hoewel die getuie se kruisverhoor nie voltooi is nie, kan geen kruisverhoor die feite wat in sy getuienis na vore gekom het nietig verklaar nie. Die feite is as volg:

Doempies Pieterse het die beskuldigde op die middag van die moord in 'n woedebui aangetref. Haar woede was soos talle kere tevore gemik teen die Klink-familie. Teen donkeraand is die vermoorde aangetref met die mes van die beskuldigde wat nog in sy liggaam steek.

Die staatsaanklaer gaan voort om die beskuldigde se weergawe van die gebeure te verwerp. Haar storie van 'n hou oor die kop en gevolglike bewusteloosheid blyk 'n verdigsel te wees, want geen voldoende getuienis kon aangebied word dat haar kop en nek wel deur sodanige hou beseer is nie. 'n Hou soos die beskuldigde beweer sy geslaan is, sou hoogs waarskynlik permanente beserings tot gevolg gehad het. Op die oomblik lyk dit nie of daar iets met die getuie se kop of nek skort nie.

Vervolgens word die motief vir die moord ontleed. Hierdie aspek van die saak vind die aanklaer die heel maklikste om te bewys. 'n Felle haat het tussen die twee families bestaan oor gebeurtenisse uit die verre verlede. Hierdie feit is geensins deur die beskuldigde betwis nie en is dwarsdeur haar kruisondervraging van die getuies bevestig. Die hof het nie 'n belang by wie die twis veroorsaak het nie. Al waarin die hof belangstel, is dat daar wel sodanige twis en haatgevoelens bestaan het en dat dit sterk genoeg was dat een van die partye uiteindelik kon moor.

Meneer Joubert sluit sy betoog af met 'n kort opsomming van die vernaamste feite wat Katryn Jonis se skuld bo alle redelike twyfel bewys:

Die moordwapen: Die beskuldigde erken dat dit haar mes is en dat sy op die dag van die moord agter die oorledene aangehardloop het met die doel om hom dood te maak.

Die bloedbevlekte rok: Die getuie erken dat die rok aan haar behoort en dat sy dit op die dag van die moord aangehad het. Forensiese toetse het bewys dat die bloed aan die rok van die vermoorde afkomstig was.

Die beskuldigde het nie self getuienis afgelê nie, sodat die hof sy afleidings maak uit die dinge wat sy gesê het en die vrae wat sy aan die getuies gestel het. Daaruit blyk haar ontkennings en haar bekentenisse, onder meer dat sy 'n sterk motief gehad het om moord te pleeg.

Die staat versoek vervolgens dat die hof Katryn Jonis sal skuldig bevind aan moord, soos aangekla.

Daar is nie 'n geluidjie te hoor toe die staatsaanklaer gaan sit nie. Geen gehoes op die galery of voete wat verskuif nie.

Regter Te Doorn draai na Katryn. "Die beskuldigde het nou geleentheid om die hof toe te spreek."

Alle oë is op Katryn. Elke toehoorder weet ná meneer Joubert se toespraak het die pendulum teen haar geswaai. Kan sy die staat se aanslag afweer? Haar lewe hang af van wat sy nou gaan sê.

Toe Katryn doodstil bly sit, praat die regter weer: "Katryn Jonis, jy mag nou die hof toespreek. Is jy gereed om te begin?"

Katryn kom stadig op haar voete en beweeg tot teen die reling voor haar. Toe sy begin praat, is haar stem skerp, maar helder en duidelik.

"Waarvoor moet ek praat? Was julle nie elke dag in die hof nie en het julle nie behoorlik geluister wat hier gesê is nie? Het julle nie gesien wat hier gebeur het nie? U Edele, laas Woensdag het ek gesê daar is geen geregtigheid vir 'n bruinmens in 'n witmens se hof nie, en ek sê dit weer. Meneer Joubert het nie gelieg met wat hy flussies gesê het nie, maar met wat hy nié gesê het nie. Hoekom het u hom nie aangepraat toe hy gesê het niemand het gepraat van my seer nek nie? Dis mos nou wragtag nie waar nie. Sersant Koekemoer het dan self gesê hy kon sien my nek was styf en toe konstabel Booi my teen die kop klap, het ek flou geval."

"Dis geen duidelike bewys van enige besering nie," antwoord die regter. "Geen ondersoek is op jou persoon uitgevoer nie."

"En hoekom nie? Het u nie gehoor hoekom nie? Dis omdat daai poeliesman nie die dokter wou laat kom nie. Hy't gesê hoekom worrie oor 'n nek wat tog met die galgtou afgeruk sal word? Hy't erkén dat ek gevra het hy moet die dokter laat kom en dat hy dit nie gedoen het nie omdat hy geglo het ek is skuldig. So dís hoekom ek sê, Edele: Net so min soos wat my wit oupa regverdigheid se betekenis geken het, ken hierdie hof dit!"

Katryn bly ontsteld stil. Sy kyk in die regter se gesig, soek in sy oë vir net 'n stukkietjie genade, maar daar is niks. Die ou, ou gevoel van magteloosheid kom soos 'n groot sug in haar op.

Sy sê met 'n plat stem: "Ek het niks meer te sê nie, Edele."

Toe draai sy om en gaan sit op die bankie agter haar.

Regter Te Doorn slaak innerlik 'n sug van verligting. Dank God dat hy nie weer met hierdie vrou met die deurdringende oë hoef te redetwis nie. Binnekort sal alles verby wees en sal sy lewe weer terugkeer na normaal.

Hy tik met sy hamer op die bank. "Die hof verdaag tot elfuur môreoggend, wanneer uitspraak gelewer sal word."

Dinsdagmôre stiptelik om elfuur kom regter Te Doorn en sy assessore die hof binne. Nadat almal gaan sit het, vra die hofordonnans Katryn om op te staan. Sy kom onmiddellik op haar voete en staan penorent in die beskuldigdebank, haar blik stip op die regter.

Regter Te Doorn is gespanne. Hoog teen sy voorkop voel hy 'n krieweling van sweet. Die verslag van die privaatspeurder bly in sy gedagtes. Dis vir hom moeilik om na Katryn te kyk – haar blik is te sterk vir hom. En boonop: vir die eerste keer in sy loopbaan as regter stem een van sy assessore nie met hom saam nie.

Hy moet hard keel skoonmaak voor hy sy stem genoeg kan vertrou om te praat.

"Ná oorweging van die getuienis wat die staat aangebied het in hierdie aangeleentheid, is die hof se uitspraak nie eenparig nie. My geleerde assessor hier, meneer Van der Merwe, sal 'n minderheidsuitspraak lewer."

Regter Te Doorn kyk vlugtig na die assessor aan sy linkerkant, en meneer Van der Merwe skuif ongemaklik rond toe almal se oë vir 'n oomblik op hom gevestig is. Hy lyk verlig toe die regter met sy uitspraak begin.

Die regter se stem is hees en hy klink onseker. Hy voel ook onseker. Al die jare se ervaring op die bank help hom niks; sy selfvertroue het 'n laagtepunt bereik. Was hierdie vrou uiteindelik net te veel vir hom? wonder hy.

Ná die eerste paar sinne kom daar egter 'n kalmte oor regter Te Doorn. Dis gou vir die toehoorders duidelik waarop die uitspraak afstuur.

Sonder om een maal van sy notas op te kyk, som die regter die vernaamste bevindinge op waartoe hy en die ander assessor gekom het:

Volgens haar eie erkenning is die moordwapen die besitting van die beskuldigde. Die beskuldigde verklaar self dat sy met die moordwapen in haar hand in die rigting van die moordtoneel gehardloop het. Die beskuldigde verklaar voorts dat sy die opset gehad het om te moor en ook dat sy die nodige motief gehad het om te moor.

Die hof aanvaar die getuienis van dokter Van Zyl dat die messteke deur 'n woedende vrou toegedien kon gewees het.

Die hof verwerp die beskuldigde se verklaring dat sy van agter oor die kop geslaan is. As haar beserings so erg was as wat sy beweer, kon sy by iemand anders in die tronk daaroor gekla het en aangedring het dat 'n dokter ontbied word. Sersant Koekemoer was nie die enigste persoon teenoor wie sy kon kla nie. Die beskuldigde is ook die volgende dag na 'n ander gevangenis oorgeplaas waar sy op behandeling kon aandring.

Ten slotte is die feit dat die beskuldigde nie bereid was om te getuig nie 'n faktor wat teen haar in aanmerking geneem word. Indien sy van die geleentheid gebruik gemaak het om getuienis af te lê, kon sy onder kruisverhoor gevra word om haar bewerings te staaf.

Regter Te Doorn bly 'n oomblik stil sodat sy woorde kan insink. Dis vir hom moeilik om na Katryn te kyk toe hy voortgaan.

"Nadat die hof al die getuienis wat aan hom voorgelê is deeglik oorweeg het, is die hof se bevinding dat die beskuldigde, Katryn Jonis, skuldig is aan die moord op Koos Klink."

Op die galery is daar 'n gehyg na asem. Die res van die toehoorders sit grafstil.

Regter Te Doorn leun terug in sy stoel en kyk na die assessor langs hom. Meneer Van der Merwe trek 'n stapel notas nader en begin lees:

"Die bewyslas is op die staat om sy saak bo alle redelike twyfel te bewys. Alhoewel die beskuldigde nie self getuig het nie, is dit die plig van die hof om die staat se getuienis te oorweeg in die lig van al die toegewings wat deur die getuienis gemaak is tydens kruisondervraging.

"Daar was geen ooggetuies tot die moord nie. Die staat het gevolglik slegs gesteun op omstandigheidsgetuienis. Ek aanvaar dat die beskuldigde met haar mes agter die oorledene aangehardloop het. Ek aanvaar ook dat dit haar mes was wat gebruik is om die noodlottige wonde toe te dien. Ek aanvaar ook dat dit die oorledene se bloed was wat agterna op die beskuldigde se rok gekry is. Ek aanvaar voorts dat die beskuldigde 'n duidelike motief gehad het om Koos Klink leed aan te doen, naamlik sy aanval op haar dogter.

"Die volgende vrae is egter onbeantwoord gelaat deur die staat se getuienis:

"Hoe het die beskuldigde aan haar beserings gekom? Sersant Koekemoer het tydens kruisondervraging erken dat sy hom attent gemaak het op haar seer nek en die kneusing op haar agterkop. Die oomblik wat aanvaar word dat die beskuldigde inderdaad beseer was, bied dit stawing aan die moontlikheid dat sy wel deur iemand bewusteloos geslaan is voordat sy die moord kon pleeg.

"Verdere stawing hiervoor is te vinde in die vreemde wyse waarop die oorledene se bloed op die beskuldigde se rok beland het. Soos deur dokter Van Zyl toegegee, is die bloedkol meer versoenbaar met iemand wat doelbewus bloed uit 'n houer op die beskuldigde se rok gegooi het terwyl sy bewusteloos op die grond gelê het.

"Verdere stawing vir die moontlikheid dat iemand anders, en waarskynlik 'n manspersoon, die moord gepleeg het, is te vinde in die geweld waarmee die wonde toegedien was. Alhoewel 'n woedende vrou ook sterk kan wees, bly die feit staan dat wonde van daardie aard meer waarskynlik deur 'n man toegedien was.

"Uit stellings wat die beskuldigde aan die getuies gemaak het, blyk dit dat daar waarskynlik 'n diamantsindikaat bedrywig was in die gebied waar die beskuldigde en die oorledene woonagtig was. Indien die oorledene wel by hierdie sindikaat betrokke was, kan die moontlikheid nie uitgesluit word dat daar inderdaad iemand anders was wat 'n motief gehad het om hom leed aan te doen nie.

"In die lig van die genoemde is die gebrek aan direkte getuienis teen die beskuldigde 'n wesenlike tekortkoming in die staat se saak. Onder die omstandighede is dit my respekvolle mening dat die staat nie sy saak bo alle redelike twyfel bewys het nie. Ek sou die beskuldigde dus onskuldig bevind en . . ."

Die assessor kry nie kans om sy sin te voltooi nie toe iemand by die hofsaal se sydeur inbars. Dis Ansie de Wet, regter Te Doorn se klerk. Sy beweeg vinnig na die bank en praat sag met die regter.

Die volgende oomblik vlieg regter Te Doorn verwilderd

op. "Die hof verdaag tot latere kennisgewing. My klerk sal verduidelik," sê hy aan die staatsaanklaer voordat hy die hofsaal met dringende haas verlaat.

Lukas te Doorn storm sy huis binne. In die sitkamer wag twee mans. Die een herken hy as hul huisarts, dokter Venter.

"Hoe gaan dit met my kind, dokter?" vra hy sonder om te groet.

Dokter Venter wys na sy kollega en sê: "Regter Te Doorn, dis dokter Smit. Hy is 'n ortopediese chirurg en hy kan beter verduidelik."

"Die perd het op u dogter geval en sy moet 'n harde stamp teen die kop gekry het, gevolglik is sy in 'n koma. Ek het haar goed ondersoek vir beenbreuke en die goeie nuus is dat daar blykbaar nie enige breuke is nie. Daar kan egter breinskade wees, maar dit sal ons eers weet as sy bykom uit die koma. Maar wanneer dit sal gebeur, kan ons nie voorspel nie . . ."

Die spesialis se stem dreun voort, maar vir Lukas voel dit asof hy onder water beland het: alle klanke wat sy ore bereik, klink dof en verwronge.

Hy ruk hom met inspanning reg. "Waarom is sy nie in 'n hospitaal opgeneem nie?"

"Die mense by die perdryskool het haar reguit hierheen gebring, wat jammer is. Hulle moes haar daar waar sy geval het doodstil laat lê het en hulp ingeroep het. Nou is sy egter hier, en 'n mens wil nie graag onnodige beweging hê nie. Dit lyk nie of sy enige rug- of nekbeserings opgedoen het nie, maar op die oomblik sal ek aanbeveel dat sy liewer nie vervoer word nie. Dokter Venter het reeds gereël vir 'n tuisverpleegster en dat al die nodige toerusting hierheen gebring word."

Lukas draai om en stap na Tinkie se kamer. Langs haar bed staan 'n druptoestel met 'n pypie aan haar arm gekoppel. Dit lyk of sy slaap. Haar gesig is bleek, maar daar is 'n effense blos op haar wange. Hy kniel langs die bed en neem haar hand in syne.

. Hoofstuk 14 .

ABRAHAM KLINK STAAN VOOR DIE VENSTER van sy losieshuis-
kamer. Buite val 'n xibbie-reën wat wys die Kaapse winter kom
aan, maar hy vat nie eers notisie van die weer nie.

Dis op een na die verskriklikste dag van Abraham se lewe. Die
dag toe die witman vir Tiema gesteel het en al die verskriklike
dae wat daarop gevolg het, kan nie een vergelyk word met die
verskrikking van hierdie dag nie. Net Koos se dood was erger.

Hy het al gehuil, hy het al met sy vuis teen die muur geslaan
dat sy kneukels nerfaf is. Niks bring verligting vir die verwyt en
wroeging in sy hart nie. Die kamer se mure raak 'n beklemming
wat hom wil dooddruk. Hier moet hy wegkom!

Hy ruk die deur oop en storm uit, vas in die man wat in die
kamer oorkant hom bly. Die man herken hom, want hulle het
al vantevore 'n bietjie gesels.

"Waar gaan oom heen? Kan ek miskien help?"

"Ek moet by die tronkselle uitkom, daar is iemand met wie
ek moet praat! Vat my daarnatoe, ek sal betaal. Vat my nou
dadelik na Katryn Jonis toe!"

"Is dit die vrou wat vandag skuldig bevind is aan moord?"

"Ja, dis hy. Asseblief, vat my soontoe, ek sal betaal."

"Oom hoef my niks te betaal nie, oom sal net vir die taxi
moet betaal. Dit sal omtrent tien sjielings kos."

Abraham haal sy beursie uit sy broeksak en trek 'n pondnoot daaruit.

"Hier is 'n pond. Kry die taxi en vat my na haar toe. As jy vir my wag en my terugbring, gee ek jou nog 'n pond, nog twee pond!"

"Ek kom vanaand agtuur van diens af. Ek sal oom dan kom oplaai. Intussen sal ek die tronk laat weet van oom se besoek. Ek dink nie daar sal enige probleme wees nie."

"Dankie, ag, baie dankie. Julle moet tog net nie vir Katryn Jonis sê dat dit ek is wat kom nie. Ek ken hom, hy sal my nie wil sien nie. Maar ons twee móét vandag praat."

"Moenie bekommerd wees nie, oom. Ek sal alles reël."

Die lig in Katryn se sel is afgeskakel. In die halfdonker lê sy op haar rug met haar oë gesluit. Die tronkrumoer wat vroegaand so hinderlik kan wees, bereik haar ore, maar vandag is sy skaars bewus daarvan. Wanneer 'n mens so baie verloor het dat jy sélf verlore is, maak 'n bietjie geraas nie meer saak nie.

Sy probeer om die gevoelens in haar binnekant te bekyk, maar dis vir haar moeilik, want sy voel skoon uit wans uit. Oor haarself voel sy niks. Sy is nie bang of kwaad nie, en sy voel nie verontreg nie. Sy het die stadium bereik waar sy nie in die minste omgee wat van haar raak nie. Sy kan ook met eerlikheid sê dat daar geen haat of verwyt in haar hart is nie.

Aan Abraham Klink dink sy met groot spyt. Sy is bitter jammer dat die man nie dour aan die begin met haar kom praat het nie, want dan kon alles soveel anders uitgewerk het.

Tot haar verbasing voel sy selfs jammer vir hom. In sy lewe het hy so baie verloor, en nou moes hy op sy oudag hoor dat hy sy wraak op die witman geheel agterstevoor geminteneer het. Waar hy eer moes bring, het hy oneer gebring. Waar hy lief-likheid moes bring, het hy hartseer gebring. En hy het gekry die ergste pyn wat 'n mens kan voel: die verlies van jou kind.

Oor een ding twyfel sy nie, en dis haar liefde vir Salmon en die kinders. Maar daarby kom die brandpyn van jammerte vir hulle. Sy sê nog 'n slag dankie dat sy nie toegelaat het dat een van hulle Kaap toe gebring word vir die hofsaak nie. Sy wil haar nie die smart en vernedering indink waarmee hulle sou moes teruggaan huis toe nie. Haar mense het reeds baie gely, maar niks kan vergelyk word met die lyding wat vorentoe op hulle wag nie. Die brandmerk dat die moeder van die huis as 'n veroordeelde moordenares aan die galg gesterf het, sal swaar wees om te dra.

Ai, vir wat kon die mense nie vandag die hofbesigheid klaar-gemaak het nie? Nou moet sy die hele nag wakker lê en wag om môre die vonnis aan te hoor. Sy wonder waar die regter met sy kwaai oë dan so skielik heen is.

Sy klem haar hande saam en bid saggies: "Here, maak my môre sterk, asseblief. Laat my vas op my voete staan en die reg-ter in die gesig kyk as hy sy straf uitdeel. En Here, ek weet ek sal bang wees, maar Here, help my dat niemand in daai hofsaal sal kan sién ek is bang nie."

"Katryn, slaap jy?"

Nog voordat Katryn haar oë oopmaak, herken sy die stem van sersant Snyders. "Ek is wakker, juffrou, ek lê maar net met my oë toe."

"Ek sien jy's nog aangetrek. Kom saam met my. In die be-soekerskamer is iemand wat met jou wil praat."

Katryn staan op, trek haar rok reg en stap agter die sersant aan in die gang af. Sy steek stokstil in haar spore vas toe sy die besoeker herken.

Sersant Snyders druk haar liggies teen die skouer. "Gaan sit by die tafel en dan gesels julle. Wanneer jy klaar is, kan jy net aan die deur klop."

Katryn loop onwillig vorentoe en gaan sit regoor Abraham Klink. Sy sien eietyd aan sy gesig dat hy in 'n hoek is. Hy kyk na haar soos 'n rooikat in 'n slagyster na die man kyk wat hom met die knopkierie gaan stilmaak. Hy is nat van die sweet en sy hande vat hier en los daar.

"Katryn," begin hy. "Katryn, ek kom net om te . . ." Die woorde wil nie verder kom nie.

"Jy kom om te wat? Wil jy vir my kom sê hoe lekker jy kry dat jy ten laaste teen Katryn Jonis gewen het?"

"Nee, nee. Ek kom omdat hier 'n verskriklike seer in my hart is . . ."

"As jy met 'n seer hart kom, is jy op die regte plek. In hierdie plek is net seer harte, en myne is die seerste. Hy is seer omdat die halsregter sê ek is 'n moordenaar, want hy glo al die liegstories wat jy en Doempies Pieterse oor my gevertel het."

"Ek is spyt, Katryn, ek is so bitterlik spyt . . ."

"Spyt? Ons is mos albei grootmense, oom Abraham, ons weet hoe spyt se storie werk. Hy kom na jou toe as dit te laat is."

"My kop is deurmekaar en my hart voel swak, ek wil . . ."

"En waarvan is oom se kop nou skielik deurmekaar? Toe oom al die jare gelieg het oor wat julle ons Jonisse aangedoen het, was hy nie deurmekaar nie. En toe oom in die hof gestaan en lieg het oor hoe sleg die Jonisse is en hoe onskuldig die Klinke is, was hy ook nie deurmekaar nie."

"Ek het 'n groot fout gemaak en ek wil vir jou kom sê . . ."

"Dat oom 'n groot fout gemaak het, hoef jy nie vir my te kom sê nie. Ons weet dit mos, soos ons dit nog al die jare geweet het."

Abraham Klink se kop hang en sy asemhaling kom swaar. Toe hy opkyk, is daar trane in sy oë.

"Nee, Katryn, ek het nie geweet nie. Al die jare het ek gedink ek doen die regte ding om wraak te neem vir dit wat my mense aangedoen is. Maar nou wil ek kom regmaak voordat . . ."

"Regmaak? Regmaak? Wat de hel bly daar vir jou oor om reg te maak? Môre stuur die halsregter my galg toe oor júlle liegstories en jy kom praat van regmaak!"

"Jy het tog ook al foute gemaak, Katryn. Met Joey se dog-tertjie het jy 'n fout gemaak en daai fout het my enigste kleinkind se lewe gekos."

Katryn begin bewe so groot as wat sy is. Sy staan op en strek haar tot haar volle lengte uit.

"As oom hiernatoe gekom het om nog vinger te kom wys, moet oom maar liewer loop. Daai fout het ek voor almal in die hofsaal erken en ek het oom gevra om my woorde van berou aan ant Sophy te gaan oordra. Méér as dit kan ek nie doen nie, want soos ek gesê het, spyt kom mos te laat. Ek het klaar met oom gepraat. Ek sal oom seker nie weer sien nie, maar dis een ding waaroor ek nie sal huil nie."

"Nee, Katryn! Wag asseblief! Ek het nie gekom vinger wys nie. Ek kom om te sê dat ek spyt is en my hart is seer en my kop is deurmekaar . . ."

"En nou wil oom dit van mý af hê? As oom reken oom het wraak geneem en dat dít 'n Nama se wraak is, wil ek vir oom sê ons Namas het nog 'n geloof, en dis dat as jy jou vyand aanval, moet jy hom in sy oë kyk. As jy hom seermaak, moet hy weet hoekom hy seergekry het. As oom oom se wraak nie soos 'n lafhart gedoen het nie maar soos 'n man, sou daar nie vandag so 'n gemors gewees het nie. Want dan sou oom dadelik agtergekom het wat Barend Goosen betref, is Katryn Jonis jou vriend en nie jou vyand nie."

Vir die eerste keer kom daar 'n kalmte oor Abraham Klink. Sy hande lê stil en oop op die tafel toe hy begin praat. Jammerte vir die man oorkant haar laat Katryn terugsak op haar stoel om te luister.

"Jy sê die waarheid, Katryn. Oor die jare het ek jou leer ken as iemand wat nooit gelieg het nie. Dis die waarheid dat ek 'n lafhart is. Van ek 'n seuntjie van ses was wat my Tiema en my vader verloor het, kon ek nooit weer die bang van my afskud nie. Soos die jare aangeloop het, het die banggeit gegroei en gegroei en groter en erger geword. Dit was veral snags wat dit op my bors kom sit het en my keel laat toetrek het. Ek het hard geprobeer om dit van my af weg te stoot, maar dit het aan my lyf geklou soos 'n nat hemp. Trek jy hom voorkant los, sit hy nog agterkant, en maak jy agterkant los, sit hy weer voorkant.

"Ons Klinke was die Ploegberg se dapperste tierslaners, maar toe ek my toets as man moes kry, was my vader lank nie meer daar nie. Daar was niks oor van die ou gebruike van my mense nie en ek is nie man gemaak nie. Al die jare was ek 'n lafhart wat my wraak in die donkerte gedoen het. Verstaan jy nou, Katryn? Verstaan jy waarom ek nie bors voor bors en oog in oog met jou gebaklei het nie?"

"En die diamante, oom Abraham?"

Die ou man deins terug. Hy kyk om hom rond asof hy uit-komkans soek, maar onder Katryn se skerp blik hou hy net sy hande op.

"Jy was reg oor die diamante ook: ek het saam gesmokkel, ek en Koos. Doempies was die middelman en mister Vlok was die eindman. Maar ek belowe jou, Katryn, ek wou niks van die geld vir myself hê nie. Ek wou dit gebruik om ons grond terug te koop van die witmense. Dit was my hartsbegeerte dat ons mense weer saam-saam op ons eie grond kon bly soos vroeërs. Ons almal met ons veetjies en ons graantjies, ver weg van die witmense met hulle verderflike maniere." Hy sug diep. "Vandag weet ek daar sou niks van my plan gekom het nie, my eie kind het dit vir my gewys. Koos het al meer ontevrede geraak oor ek elke pennie van die diamantgeld gespaar het. Hy wou van die geld vir homself gehad het, die jongetjies wil mos net koop, koop. En vernaamlik toe Doempies nou vir hom die kar koop, was Koos dreunlyf met my. Daai middag van sy dood het ons twee bitterlik gestry en toe het Koos na die bottel gegryp . . . Ek is jammer oor die lelike besigheid met jou meisiekind, Katryn. Dis mos maar vir 'n ouer swaar om te erken dat sy kind verkeerd gedoen het."

Katryn sit net en kyk na die gebroke man voor haar. Sy woorde is nie vir haar nuus nie, sy het dit altyd geweet. Geen mens het nog met haar gepraat en vir haar 'n lieg vertel wat sy dit nie geweet het nie. Nes die oppraatkrag is dit 'n gawe wat Elotsê vir haar gegee het: om die waarheid te weet.

Sy kan die eensaamheid, selfverwyt en skaamte oor sy lafhartigheid by die ou man aanvoel. Maar as hy op soek is na vergiffenis vir sy lafhartige dade, soek hy dit by die verkeerde plek . . .

Dan tref dit haar soos 'n bliksemstraal: die Onse Vader wat hulle so baie saam met eerwaarde Schmidt in die kerk op Kuboes gebid het. "Vergeef ons ons skulde, soos ons ook ons skuldenaars vergewe . . ."

Sy staan op. "Ek verstaan nou, oom. Wat my aanbetref, maak ons vandag die boek van die verlede toe. Naand, oom Abraham."

Toe loop sy deur toe en klop hard. Die deur gaan oop, en sonder om om te kyk, loop sy uit, met die gang af, terug na haar sel.

. Hoofstuk 15 .

DIE EERSTE STRALE VAN DIE OPKOMENDE son bereik die vensters van Lukas te Doorn se huis teen die hang van Tafelberg. Maar hy is nie bewus van die oggendglorie nie; die gordyne voor die vensters van sy studeerkamer is nog nie oopgetrek nie. Die afgelope uur sit hy doodstil agter sy lessenaar met sy kop in sy hande. Dit voel of die lewe in hom stadig maar seker besig is om uit te brand.

Die afgelope nag het hy besef hoe magteloos die mens is. Eers het hy by die geneeshere gepleit om in Godsnaam net sy kind te help, hulle hoef géén koste te ontsien nie. Nog 'n spesialis is ingeroep, maar al wat hy kon doen, was om die diagnose te bevestig: niemand weet wat Tinkie se kanse op herstel is nie.

Van uitputting het Lukas teen die vroeë oggendure 'n kort rukkie ingesluimer. Die slaap het egter nie lank geduur nie. Die dokter het vir hom kalmeerpille gegee, maar dié lê onaangeraak voor hom op sy lessenaar.

Hy het 'n uur gelede by Leona en die verpleegster in die siekekamer ingeloer. Tinkie het steeds roerloos gelê, maar die effense blos wat gisteraand op haar wange was, het verdwyn. Hy het 'n rukkie daar langs die bed gesit met Leona se hand styf in syne. Maar toe die stilte ondraaglik word, het hy hom in sy studeerkamer kom toemaak.

Daar is 'n ligte kloppie aan die deur.

"Kom binne," sê hy sonder om op te kyk.

Dis sy klerk, Ansie de Wet.

"Môre, Ansie. Jy's vroeg aan die gang!" Hy staan op en trek vir haar 'n stoel nader.

"Goeiemôre, regter. Ek het net gou kom kyk hoe dit gaan. Ek wil net sê hoe bitter jammer ek is oor die ongeluk. Het die dokters geen raad nie?"

Lukas sug. "Nee, hulle kan niks meer doen terwyl sy in 'n koma is nie."

Sy bly 'n rukkie stil, dan sê sy: "Ek . . . ek wil so graag help. Ek wil vir u iets sê, maar ek weet nie hoe u daaroor sal voel nie."

"Sê maar, Ansie."

"Dis 'n strooihalm . . ."

Hy glimlag wrang. "Wanneer dit oor my kind gaan, sal ek na enige strooihalm gryp."

"Ek het gedink die oppraatkrag, die krag van Katryn Jonis . . ."

Lukas spring so vervaard op dat sy stoel omval.

"Nee, Ansie, nie dít nie!"

"Ek verstaan, regter. Dan gaan ek maar eers."

Sy staan saggies op en verlaat die studeerkamer. Lukas gaan sit weer agter sy lessenaar. Sy kop sak vooroor op sy arms.

"Waansin!" sê hy vir homself. "Nou weet ek wat waansin is, want ek is besig om waansinnig te word."

Die gevoel in hom is soos van 'n pot waarin die druk opbou en opbou. As 'n uitlaatklep nie gevind word nie, sal die deksel afskiet en verwoesting saai. Hy is vinnig besig om oorkookpunt te bereik, maar hy kan nie 'n uitlaatklep vind nie.

Hy hoor nie die deur oopgaan nie. Dis eers toe hy 'n hand op sy skouer voel dat hy opkyk en Leona langs hom sien staan. Dis duidelik dat die krisis haar net so hard getref het as vir hom. Die ligsinnige sosiale vlinder wat haar hoogstens oor nuwe klere en besoeke aan die haarsalon kon bekommer, is eensklaps weg. In haar plek is die vrou op wie hy soveel jare gelede verlief geraak het.

"Hoe gaan dit met Tinkie?" vra hy.

"Nog dieselfde. Die dokter is weg, maar hy het opdragte aan die verpleegster gegee. Sy moet hom bel sodra daar 'n verandering kom."

Leona sak in die stoel oorkant hom neer. Sy kyk hom 'n rukkie in stilte aan.

"Lukas, ons sal sterk moet wees as ons hierdie verskrikking wat ons huis getref het, wil oorleef."

"Ek weet . . ." Hy vryf oor sy gesig. "Dit voel vir my of ek waansinnig gaan word. Dis nie net Tinkie nie, maar die hofsaak en die ongeluk het alles op die spits gedryf. Daar is dinge op my hart wat ek al 'n leeftyd met my saamdra, en nou . . . Dit voel of alles net te veel word vir my."

"Vertel my wat aangaan, ek luister."

"Die hofsaak van verlede week . . . Nee, wag, om jou te laat verstaan, moet ek heel voor begin. Dit het al in my kinderdae begin . . ."

Hy begin praat, aanvanklik sukkelend, want die klep wil nie mooi ontsluit nie. Van Antonia te Doorn se besitlikheid en oorheersing. Van hoe hard hy gestry het om sy eie besluite te neem, sy eie vriende te kies en veral om sy eie toekoms te bepaal.

Terwyl Leona roerloos sit en luister, vertel hy van die vreeskol op sy maag wat sy stembande verlam het tydens die heftige botsings met sy moeder. En hoe dit tydens die hofsaak weer teruggekeer het. Hy vertel hoe Katryn Jonis hom aan sy moeder herinner het, soveel so dat dit gevoel het asof dit sý is wat in die hof voor hom staan.

Hy huiwer 'n oomblik. Moet hy Leona vertel van die privaatspeurder se verslag en van hul verwantskap? Nee, besluit hy dan, dit sal dinge net verder kompliseer.

Hy vertel van sy vlug na Bainskloof en hoe hy daar besluit het om terug te keer om die hofsaak af te handel. En dat die laaste ding wat hy gedoen het voordat hy die tyding van Tinkie gekry het, was om Katryn Jonis skuldig te bevind aan moord.

Hy huiwer weer, maar dis asof die woorde eenvoudig uitborrel. Hy vertel vir Leona van die sogenaamde oppraatvermoë van die Namavrou. En dat Ansie voorgestel het dat hulle Katryn Jonis se hulp moet vra.

"Kan jy dit glo, Leona? Om die hulp te vra van iemand wat die hof so pas skuldig bevind het aan moord!"

Toe hy opkyk, sien hy twee groot trane in Leona se oë blink. Sy steek haar hand oor die lessenaar uit en hy gryp dit krampagtig vas.

"Ek is so jammer om dit alles te hoor, my man," sê sy sag. "Ek besef dat ons in die laaste tyd verwyderd geraak het van mekaar. Maar Lukas ... terwyl ek geluister het na al die dinge wat jou moeder aan jou gedoen het, het ek nie één maal gehoor van iets wat jy self ook dalk verkeerd gedoen het nie. Is jy seker jou kant van die saak was altyd skoon?"

Toe hy nie antwoord nie, gaan sy voort: "Hierdie vrou, Katryn ... wat sal haar vonnis wees?"

Hy voel hoe die bloed in sy gesig opstyg.

"Doodstraf, my vrou. Sy is op geen genade geregtig nie."

Leona trek haar hand stadig terug. "Het jy jou ma dan sóveel gehaat? En hierdie Katryn ... verag jy haar ook?"

"Ja, ek verag haar," sê hy sonder aarseling. "Soveel as wat ek my ma verag het."

Leona staan op, en daar is 'n trek van droefheid in haar oë toe sy weer praat.

"As dit die geval is, moet jy doodseker maak dat hierdie vrou 'n regverdige verhoor gekry het. Jy sal ook moet seker maak dat daardie vreeslike vonnis wat jy gaan oplê, nie 'n produk van jou haat is nie. Nog al die jare was daar één eienskap van jou waarin ek vas geglo het, en dis dat jy jou amp as regter met absolute regverdigheid vervul."

Voordat hy 'n woord kan uitkry, draai sy om en stap uit.

Lukas staan voor die venster van sy kantoor by die hof. Hy staar uit oor die stad sonder om werklik iets te sien. Hy weet dat hy op hierdie Woensdagoggend die einde van 'n pad bereik het.

Leona se woorde maal deur sy kop: *Ek het nie één maal gehoor jy praat van iets wat jy self verkeerd gedoen het nie. Is jy seker jou kant van die saak was altyd skoon?* Met dieselfde onpartydigheid waarmee hy altyd op die regbank optree, moet hy daardie vraag beantwoord.

Nee, Lukas te Doorn, sug hy teenoor homself, jou kant van die saak was beslis nie altyd skoon nie.

Hy onthou maar te goed hoe hy sy moeder getreiter het. Hoe hy sy dag beplan het om al die dinge te doen wat hy geweet het haar sou seermaak. Hoe hy haar liefde vir hom gebruik het as 'n instrument om haar mee te kwets.

En hy weet nou met absolute klaarheid: hoe naby het hy nie daaraan gekom om 'n onvergeeflike onreg teenoor 'n eenvoudige, ongeletterde vrou te pleeg nie.

Hoe het Leona dit gestel? *Dan moet jy doodseker maak dat hierdie vrou 'n regverdige verhoor gekry het.* En hy besef dit maar vanoggend alte goed: As hy nié regverdig optree nie, sal dit 'n nuwe letsel bring, 'n letsel wat ook sal neerkom op hulle vir wie hy lief is.

Katryn Jonis se verhoor was nie regverdig nie. Van sy eerste botsing met daardie vrou, van die oomblik dat sy hom aan sy moeder herinner het, was hy bevooroordeeld teenoor haar. En vandat die pynkol op sy maag en die weiering van sy stembande hom op die regbank verlam het, ten aanskoue van almal in die hof, het hy slegs op één mikpunt afgestuur, en dit was om haar te laat boet.

Presies om elfuur gaan die deur langs die regbank oop. Regter Te Doorn en sy twee assessore stap die hofsaal binne.

Die regter se oë dwaal oor die aanwesiges en kom tot rus op Katryn. Sy staan fier en regop, haar skouers teruggetrek en haar blou oë stip op hom gerig.

Ek is jaloers op jou, Katryn Jonis, dink hy. Jaloers op die krag wat uit jou straal, jaloers op die wyse waarop jy jou kop hoog hou in die uur van diepste nood. Ek is trots daarop dat die bloed wat in jou are vloei, ook in my are vloei. Jy mag 'n eenvoudige, ongeletterde vrou uit 'n godverlate deel van ons land wees, wat jou eerste lewenslig in 'n pondok aanskou het, maar van jou kop tot jou tone is jy adel. Al het jy geen geleerdheid nie, al het die witman jou van sy skool weggejaag, kan jy voor geleerdes en filosowe staan.

Die ordonnans roep die hof tot orde en almal neem hulle plekke in. Toe begin die regter praat. Die gesag wat uit sy stem straal, vul die hele saal. Hy begin deur om verskoning te vra vir die wyse waarop hy gister die hof verlaat het.

Die staatsaanklaer staan dadelik op en sê dat hy gehoor het van die ongeluk waarin die agbare regter se dogter was en dat hy namens die kantoor van die prokureur-generaal sy meegevoel uitspreek en haar 'n spoedige herstel toewens.

"Dankie, meneer Joubert, u meegevoel word waardeer. U kan nou die hof toespreek oor 'n gepaste vonnis."

Vir die eerste keer vandat die saak begin het, het meneer Joubert min woorde. Dis gou vir elkeen in die hofsaal duidelik dat die staat ook begin twyfel het oor wat werklik die aand van 3 April langs die Grootrivier gebeur het.

Aan die einde van 'n kort toespraak vra die aanklaer bloot dat die hof met die vonnisoplegging in ag moet neem dat Abraham en Sophy Klink op 'n wrede en skokkende wyse hul enigste seun verloor het. Voorts laat die staat die oplê van 'n gepaste vonnis aan die regbank oor.

Regter Te Doorn kyk na Katryn. "Het jy nog iets om te sê voordat die vonnis uitgespreek word?"

"Nee, Edele," sê sy met 'n helder stem. "Ek het niks verder te sê nie."

Regter Te Doorn tel 'n dokument voor hom op en begin spreek die hof ferm en seker toe.

"Die meerderheidsuitspraak van die hof was dat die beskuldigde skuldig is aan moord. Op 'n skuldigbevinding moet 'n vonnis noodwendig volg. Die bepaling van skuld of onskuld is die gesamentlike taak van die regter en sy assessore, maar die besluit oor 'n geskikte vonnis rus alleenlik op die skouers van die voorsittende regter. Die regter mag die opinie en insette van die assessore oor 'n vonnis vra, maar uiteindelik is dit hy alleen wat vir die vonnisoplegging verantwoordelik is.

"Ek mag net meld dat ek ten spyte hiervan die vonnis wat nou uitgespreek gaan word met my assessore bespreek het. Alhoewel ons nie eenparig was oor die skuldigbevinding nie, is ons eenparig oor 'n gepaste vonnis.

"Vir die duur van die saak het die hof geluister na die staat se getuienis, en veral na die getuienis wat die staat gebruik het om die beskuldigde se motief vir 'n daad soos moord te bewys. Hierdie getuienis het die hof inderdaad sterk beïnvloed by die bepaling van skuld. Hierdie selfde getuienis is egter ook van belang by die bepaling van 'n gepaste vonnis.

"Die wraakvete tussen die twee families wat oor baie jare gestrek het, was van die felste waarvan hierdie hof nog gehoor het. Aanvanklik het die getuie Abraham Klink ontken dat hy en sy familie die Jonisse enige leed aangedoen het. Later het hy egter onder druk van kruisverhoor erken dat hulle die Jonis-familie op die mees onderduimse wyse te na gekom het en die graf van die beskuldigde se vader geskend het.

"Meneer Klink het ook aangevoer dat hulle dit gedoen het om wraak te neem op 'n persoon wat lankal dood en begrawe is. Deur sy nasate te treiter, sou die dooie in sy graf glo net so swaar as sy nasate ly. So 'n siening is vir die hof en vir die gemeenskap wat hy dien onaanvaarbaar.

"Die hof bevind in hierdie verband dat die woede en op-gegaarde emosie wat tot die dood van Koos Klink aanleiding gegee het, 'n vlak bereik het wat moeilik deur 'n normale mens hanteer kon word. Alhoewel dit nie die hof se bevinding is dat die woede of emosionele druk van so 'n aard was dat dit die beskuldigde se opset om Koos Klink leed aan te doen kon regverdig nie, was die optrede van die beskuldigde op die be-trokke dag in 'n sekere mate verstaanbaar.

"Ten spyte daarvan dat die neem van 'n ander mens se lewe nooit deur hierdie hof goedgepraat kan word nie, is dit die hof se mening dat, met inagneming van al die omstandighede, 'n gepaste vonnis sal wees dat die beskuldigde aangehou word vir so lank as wat hierdie hof in sitting is.

"Die hof verdaag."

. Hoofstuk 16 .

KATRYN STEIER VERSKRIK TERUG TOE 'N GERAAS in die hofsaal losbars. Van oral steek mense hulle hande na haar toe uit om haar geluk te wens. Sersant Snyders kom vinnig nader en slaan haar arm om Katryn se skouers. Sy lei haar by die sydeur uit en af met die trappies.

Katryn kan glad nie verstaan wat aangaan nie. Onder die trappies steek sy vas en vra: "Wat is dit nou? Wat het die man gesê?"

"Ek sal later verduidelik, maar weet net dit: jy is vry. Jy kan teruggaan na Salmon en jou kinders en jou plaas toe. Ons gaan haal nou jou goed in die tronk en daarna vat ek jou na my huis toe. Môreaand sit ek jou op die trein terug Bitterfontein toe."

Katryn trek aan haar kopdoek. "Verskoon my, juffrou, as ek effens snaaks is, maar nou verstaan ek glad nie."

"Dit maak nie saak nie, ek sal vanaand oor 'n lekker bord kos alles vir jou verduidelik. Al wat jy moet weet, is dat die hele hofstorie nou verby is en dat jy kan huis toe gaan en van alles vergeet."

"Ek sal baie dinge in my lewe vergeet, maar hierie Kaap sal ek nooit vergeet nie. En juffrou, jou vriendelikheid sal ek ook nooit vergeet nie. As juffrou ooit sal smaak om vir ons op Diepdrif te kom kuier, sal ek die vetste kapater in my trop slag."

Sersant Snyders lag. "Jy moet oppas vir wie jy nooi, Katryn. As jy weer sien, lê ek met my volgende verlof heelmaand op jou nek! Kom, laat ons uit hierdie plek padgee."

In die gang af, op pad na die hoofuitgang, hoor hulle 'n stem agter hulle roep: "Katryn!"

Met die omdraai sien Katryn 'n vrou wat haastig naderkom op haar hoëhakskoene. Sy herken haar as die vrou wat elke dag in die hof voor die regter gesit het.

"Ek is baie bly vir jou part, Katryn," sê Ansie de Wet.

"Baie dankie, mevrou."

"Waar gaan jy bly totdat jy huis toe gaan?"

"Sy gaan by my bly," antwoord sersant Snyders. "Ek sal ook toesien dat sy die trein na Bitterfontein haal."

Ansie de Wet glimlag vriendelik. "Dis gaaf van jou, sersant."

"Nee, dit sal vir my 'n groot plesier wees. Ek en Katryn het mekaar die laaste tyd goed leer ken. Weet mevrou hoe dit met die regter se dogter gaan?"

"Dit gaan maar sleg, sersant. Ons weet nie hoeveel hoop daar vir haar is nie."

"Ek is jammer om dit te hoor. Sê vir die regter ons dink aan hulle."

"Ek sal, sersant. En Katryn . . ."

"Ja, mevrou?"

"As iemand jou weer vra om 'n siek kindjie te help, sal jy dit doen?"

"Wat praat mevrou dan nou? Nooit in haar lewe sal Katryn Jonis weer haar rug draai as sy 'n siek kind kan help nie. Ek het dit een keer gedoen en so lank ek lewe, sal daai ding op my gewete sit."

"Dankie, Katryn. Sersant, kan ek asseblief jou adres en telefoonnommer kry?"

"Sekerlik, mevrou."

Regter Te Doorn sit agter sy lessenaar toe Ansie de Wet instap. Voor hom is 'n oop lêer, maar hy staar onsiende daarna.

"Kan ek vir u 'n koppie tee bring?"

"Dit sal lekker wees, Ansie. En . . . ek is jammer oor my uitbarsting vanoggend."

"Ek verstaan, regter. Ek wou net help. Ek besef dit was 'n desperate voorstel vir 'n desperate situasie."

"En die situasie is nog steeds desperaat . . . Maar kan jy jou die implikasies indink? As die koerante daarvan te hore kom, sal hulle my uitmekaarskeur. Stel jou die opskrifte voor: Regter bevind vrou skuldig aan moord en pleit daarna dat sy sy kind moet red!"

"Dis seker waar, maar . . . Tinkie se lewe is steeds op die spel. Sê nou maar daar bestaan 'n moontlikheid dat Katryn Jonis kan help?"

"Sy kan nie help nie, Ansie. Dis alles verdigsel, bygelowige verdigsel. Ek glo daarvan totaal niks."

"En omdat u nie glo nie, wil u nie waag nie? Selfs al is u kind se lewe op die spel?" Ansie se stem raak pleitend. "Onthou u die getuienis van dokter Van Zyl? Hy het self gesê hy was verslae oor die paar gevalle van genesing waarvan hy persoonlik weet. Die enigste verduideliking was dat Katryn Jonis die kinders genees het."

"Dis nou genoeg oor Katryn Jonis," sê Lukas streng. "Ek wil nie verder oor hierdie onderwerp praat nie."

"Ek vra om verskoning, regter," sug Ansie. "Ek bring nou vir u 'n koppie tee."

Lank nadat sy die vertrek verlaat het, sit Lukas nog roerloos voor hom en staar. Sy liggaam is passief, maar sy gedagtes is 'n kookpot. Wat moet hy doen?

Sy verstand is te skerp om lank na 'n antwoord te soek. In sy werk word deurgaans vrae gestel, en op elke vraag moet 'n antwoord volg. Hierdie vraag het hy gestel, en hy moet self die antwoord verskaf. Ansie se antwoord het hom reeds gehelp: hy wil nie 'n desperate kans waag nie omdat hy bang is dit sal uitlek en hom openbare vernedering besorg. Is sy eer en status dan werklik vir hom belangriker as sy kind se lewe?

Hierdie vraag is makliker om te beantwoord, en dit voel op-eens asof hy krag ontvang. Toe Ansie die tee bring, vra hy: "Weet jy waar Katryn Jonis haar bevind?"

"By sersant Snyders, regter. Ek het die adres."

"Sal jy my 'n groot guns doen, asseblief, Ansie? Gaan haal haar en bring haar na Tinkie toe."

'n Glimlag sprei oor Ansie se gesig. "Ek gaan dadelik. En ek kan u verseker ek sal sorg dat niemand hiervan weet nie. Nie eens sersant Snyders of my man nie."

"Dankie, Ansie. Ek gaan nou reguit huis toe. Gee my net 'n uur om die verpleegster weg te stuur en bring haar dan."

Katryn verwonder haar aan al die mooi huise soos hulle stadig deur die strate ry. En die berg! Dit was mos haar hartsbegeerte om //Hui !Gaeb van naby te sien, want van dié plek van die wolke waar die Rooi Nasie se voormense gebly het, het sy al so baie gehoor.

Haar asem gaan amper uit toe hulle voor die regter se huis stilhou. Kyk net die grote vensters en al die torinkies en krulletjies! Die stuk grond voor die huis lyk soos die groenste lusernland en die mooiste blomjaar, en oral steek hoë bome in die blou lug op.

Sy loop agter die regter se klerk aan die huis binne. In die gange is die matte so dik dat dit vir haar voel sy loop op duin-sand. Die skerp ruik van medisyne hang in die lug.

Sy sien heel eerste die dogtertjie wat toe-oog op die bed lê. Langs die bed staan die regter en 'n jongerige vrou.

"Hier is ons dogter, Katryn," groet hy.

"Ek sien, Edele. Is dit nou Edele se tkaukind? Die laatlam-metjie?"

Die regter lag effens. "Nee, sy's my enigste lammetjie. Haar naam is Tinkie."

"Wat het sy oorgekom?"

"Sy het van 'n perd afgeval en die perd het bo-op haar geval."

Katryn suig haar asem skerp in. "Ai, my mame . . ."

Sy gaan sit op die stoel langs die bed en tel die kind se hand op, vat dit styf in haar eie hande vas. Vir 'n volle minuut sit sy roerloos, haar oë styf toe, en dan begin sy praat. Eers is haar stem sag, byna net 'n fluistering tussen haar tande deur.

"Hoor vir my, Tinkie. Luister vir my. Ek weet jy is hier en ek weet jy hoor as ek praat. Ek gaan praat en praat en aanhou praat tot jy nie net hóór nie, maar dóén wat ek sê. Om jou ore vir my praat toe te maak sal niks help nie, want maak jy hulle diékant toe, praat ek hulle van die ander kant af vir jou oop. Jou tyd om die lewe te los het nog nie gekom nie. 'n Kind gooi nie sommer sy lewe weg as Katryn Jonis naby is nie. Maak nou jou oë oop en vat jou lewe. Ek sê vir jou: jou lewe staan en wag vir jou . . ."

Soos Katryn voortpraat, raak haar stem sterker, dringender, bevelend. Soms gebruik sy kras taal en by tye skel sy op Tinkie. Die een oomblik skree sy die woorde uit, die volgende oomblik praat sy byna onhoorbaar sag. Maar vir geen enkele oomblik kom daar 'n onderbreking in haar praat nie. Die woorde vloei soos die Grootrivier in 'n magtige stroom.

Meer as 'n uur gaan verby, en steeds dreun haar stem voort.

Lukas te Doorn staan versteen en toekyk. Koue rillings rol langs sy rug af toe hy van iets in die kamer bewus word. Dan weet hy wat dit is. Dis 'n krag, 'n ontsettende krag, en dit vloei uit die Namavrou na sy dogter. Die sensasie is só sterk dat hy voel hoe die sweet op sy liggaam uitslaan.

Meteens uiter Leona 'n gedempte gil. Sy gryp Lukas se hand

styf vas en staar met wydgerekte oë na die bed. 'n Ligte blos be-
gin oor Tinkie se bleek wange sprei.

Soos 'n jaghond se gekef as hy sy prooi vir die eerste maal
sien, so skree Katryn nou die woorde uit. Dit weergalm in elk-
een se ore en vul elke hoekie van die vertrek.

Daar kom 'n siddering oor Tinkie se liggaam. Sy gee 'n kreun,
en dan maak sy haar oë oop. Sy kyk effens verwilderd na die vrou
voor haar, maar toe sy haar ouers sien, verskyn daar 'n glimlag om
haar mondhoeke.

Katryn sit steeds op die stoel, maar haar voorlyf het vorentoe
geknak. Met haar kop op haar arms gestut leun sy op die kant
van die bed. Toe Ansie de Wet aan haar skouer raak, sien sy Ka-
tryn is vas aan die slaap.

Epiloog

ATTIE VLOK SIT DIE TELEFOON TERUG OP SY MIK.

Hy gaan staan voor die venster van sy kantoor en tuur oor die groen lusernlande in die rigting van die Oranjerivier. Hy is moeg. Maar hy is ook verbitterd. As 'n man soveel jare jou nek gewaag het om ander mense ryk te maak en jy ontvang geen genade as daar iewers 'n fout insluip nie, dan móét jy verbitterd raak.

"Ondankbare honde," prewel hy. "Net so genadeloos as wat julle is, sal Attie Vlok terugslaan."

Dis nou by die dertig jaar wat hy vir CDM werk, maar dis eers die laaste tien jaar wat hy begin saamspeel het met die klippies. Vroeërs was hy eenvoudig te bang. Van bang kom versigtig, en dis waaraan hy al die jare sy sukses te danke gehad het. Hy het sy manne met die hand uitgesoek en sy metode oor en oor beproef, tot hy die resep net reg gehad het.

Vir hierdie speletjie moet 'n man geduld hê. Eers maak die Wambo's by die myn die klippies bymekaar. Wanneer die parcel groot genoeg is, gaan hulle in die nag en gaan versteek dit langs die rivier. As hy met die pont Oranjemund toe gaan om groente en vleis te gaan aflaai, gee hulle vir hom die teken en dan moet hy 'n plan maak om die parcel in die hande te kry.

Toe hy vir Doempies Pieterse ontmoet het, het hy geweet

sy skuitjie het ingekom. Wat 'n skollie van Distrik Ses nie van smokkel af weet nie, hoef jy nie oor te bodder om te weet nie.

Doempies het hom ook nie teleurgestel nie. Kort voor lank het dié voorgestel hulle moet die Klinke betrek, en toe kon hulle die klippies vinniger laat loop. Die parcel word regoor Bruinwater begrawe en Doempies laat weet vir Koos. Hy en oom Abraham roei sommer helder oordag om na hulle paar beeste anderkant die rivier te gaan kyk en hulle bring die parcel saam.

Maar nou ja, van lekker lag kom lekker huil. Doempies het kop verloor met Koos Klink en toe hy in die koort in die Kaap moet gaan staan, het sy kop hom geheel gelos. Die sindikaat se oë en ore is orals en die speurders s'n ook en nou is dit neus uitgesnuit. Vir tronksit sien hy nie kans nie.

Die dreuning van 'n voertuig bereik sy ore. Hy draai om na sy lessenaar, haal die groot wit koevert uit die laai en skryf voorop: *Aan my vriend, kaptein Andries Botha.*

"Lees dit, Andries," sê hy hardop vir die mure, "en gaan tel hulle op. Elke man van die sindikaat se naam is daar. En wanneer Katryn Jonis terugkom, sê vir haar geluk. Ek het haar totaal onderskat. Maar ek het alles neergeskrywe, my aandeel ook. Sê vir Katryn sy was 'n voorslag-plaaswerker, beter as die meeste mans."

Die polisiemotor hou stil en twee mans klim uit. Hy hou hulle deur die venster dop: kaptein Botha, hoof van die diamantdiefstaltak op Springbok, en sersant Willem Els, die knapste diamantspeurder in die Noordweste.

Attie Vlok tel die swaar .45-rewolwer op toe hy die eerste klop aan die deur hoor. Hy trek die haan terug. Toe die tweede klop kom, steek hy die loop diep in sy mond en trek die sneller.

Johannes Christiaan Huisamen

17.12.1925 – 03.04.2011

My pa was 'n Namakwalander in murg en been. Hy was ook 'n bobaasverteller. Ons drie seuns, en later sy kleinkinders, kon ure lank aan sy lippe hang wanneer hy begin praat het oor sy opwindende grootwordjare langs die "Grootrivier".

Mettertyd het hy ons die plekke gaan wys waar sy stories vandaan kom. Op Nigramoep (vandag myngebied) het hy ons die huis gaan wys waar hy gebore is toe oupa Danie skoolmeester was by die eenmanplaasskooltjie.

Op Nababeep moes ons by die kopermynmuseum gaan kyk na die nouspoor- Clara-treintjie waarmee my pa en sy suster Erina in die kondukteurswa van Port Nolloth af Springbok toe gery het waar hulle op kosskool was, terwyl hul ouer suster, Nancy, in Vanrhynsdorp op skool was.

By Port Nolloth het hy ons die hawe en diamantskuite gaan wys. Elke plek of voorwerp wat hy uitgewys het, is geïllustreer deur 'n interessante storie, van ontberinge op die woeste oseaan waarby hy self betrokke was tot boeiende stories oor diamante smokkel.

Die name van my pa se karakters het soms self 'n storie vertel: Jan Stilsit, Piet Bok, Jan Watersuip, Jonas Tieties, Oom

Pensie, Joepa en Sors. Op die plaas Grootderm (vandag Beau-vallon), waar oupa Danie die skooltjie vir die plaaslike kinders begin het, het my pa se verbeelding en stories min grense geken.

Ons het gehoor van die spooklig by die ou Duitse fort oor-kant die rivier. Ons het gehoor van die reusevisse wat my pa en sy maats met gewone tou as lyn, 'n tuisgemaakte hoek en Sun-lightseep as aas gevang het. Ook van die dag toe oupa Danie vir my pa op negejarige ouderdom die eerste keer die haelgeweer gegee het om 'n springbok in die duine te gaan skiet: dit was die week se vleis vir die koshuiskinders in my oupa en ouma se sorg.

Met dié reis na "sy wêreld" het ons vir die eerste keer besef dat my pa nie net 'n vindingryke verbeelding het nie, maar dat sy lewe in Namakwaland werklik was en sy stories op feite gebaseer.

Katryn was jare lank in sy gedagtes, waar dit stelselmatig vorm aangeneem het. Soms het hy grepies daaruit vertel vir my en my broers Kobus en Chris waar ons langs 'n vuurtjie met 'n glasie whiskey gesit het. Hy het dit nie as fiksie vertel nie, maar as 'n ware verhaal.

Ek wonder dikwels waar my pa en sy familie werklik inge-pas het in die verhaal van Katryn. Ek wonder ook watter rol sy lewenslange Namavriend Salmon werklik in die verhaal ge-speel het. Ons sal seker nooit weet nie.

Op 'n stadium het my pa my begin uitvra oor hofprosedures en aanspreekvorme tydens 'n verhoor. Ek het verduidelik, maar nooit besef dat hy die inligting wou hê om in sy storie te ge-bruik nie. Min het ons besef dat hy al die jare besig was om hierdie wonderlike verhaal neer te skryf (met twee vingers op sy Olivetti, andersins met die hand) – en sonder dat hy geweet het dat dit eendag die lig sou sien.

Ons eer sy nagedagtenis en sy groot liefde vir waar hy van-daan gekom het. Dat sy gehoor nou soveel groter is, sou hom eindeloos verbly het.

Baie dankie aan my niggies Mariana Strydom en Hester

Kotze, wat met groot deernis die eerste keer gestalte gegee het aan my pa se rowwe, meestal handgeskrewe manuskrip.

Dankie ook aan Alida Potgieter van Human & Rousseau wat van meet af aan vas in *Katryn* geglo het, en Suzette Kotzé-Myburgh wat die finale gestalte aan die roman gegee het.

Johann Huisamen
April 2012

Die skrywer, Jan Huisamen, as jong seuntjie saam met sy gesin: Sy pa, Danie Huisamen, wat die eerste skoolhoof op Grootderm was, sy ma, en sy twee susters. Links van Jan (bekend as Jannie) staan sy jonger suster, Erina (Bezuidenhout, later skrywer van verskeie kookboeke), en regs Nancy (Kitshoff, later skrywer van hekelboeke).

Erkenning

Die gebruik van die volgende bronne word met dank erken:

As murasies kon praat: Ware verhale uit Namakwaland deur Gert
   Sarrisam (Selfpublikasie, 2008)
Baai van diamante: Die geskiedenis van Alexanderbaai 1926 – 1989
   deur Pieter Coetzer (Universiteit Vrystaat, 1997)
Daai ding loop in jou bloed: Op reis deur die Namahartland deur
   Lené Malan en Aneta Shaw (Protea, 2011)
Richtersveld: The land and its people deur Francois Odendaal en
   Helen Suich (Struik, 2007)
Riemvasmaak: Hartland, harde land deur Euodia Engels (Hemel
   & See, 2005)
So praat ons Namakwalanders deur Tony Links (Tafelberg, 1989)
Vonke uit die koeroeklip: 'n Eie verhaal uit Namakwaland deur
   Gert Sarrisam (Selfpublikasie, 2006)

Baie dankie ook aan my ma, Daleen Kotzé, wat die finale ma-
nuskrip gelees het, en my broer Gielie, wat my vrae oor Alexan-
derbaai beantwoord het.

Suzette Kotzé-Myburgh

Woordverklarings

"Kai |Gûis	dikderm, grootderm
//Hui !Gaeb	plek waar die wolke versamel
aans	aanstons
al oor 'n tyd	van tyd tot tyd
agterdeursuiper	agterbakse mens
agtermiddag	namiddag-groet
as-aan	ongesteurd
ASD	Alluviale Staatsdelwerye
CDM	Consolidated Diamond Mines
dooi weg	heeltemal weg
douspoor	vroegoggend
draadgekruip	oortree
dreunlyf	vererg, kwaad
Elotsê	God, Opperwese
ennerlik	eintlik
flaai (hou)	aanlê of vlerksleep
fyngoed	kleinvee
geminteneer	hanteer
grofgoed	grootvee
groos	groots, trots
grootvrou	belangrike vrou
grus	gerus
henner	hinder

hy/hom	word ook gebruik vir die vrou-like vorm "sy" of "haar"
karrienaam	troetelnaam
klippies	diamante
koort	hof (court)
kortendag	binnekort
krêmsiekgesig	afgerem soos 'n dier met krimpsiekte
lafhart	lafaard
mame	moeder
muurhuis	steenhuis, geboude huis
nie 'n speld te steek nie	voorbeeldig, aan te beveel
oorlams	nuuskierig, opdringerig
pa-goed	pa-hulle
parcel	pakkie diamante
rondehuis	matjieshuis
Rooi Nasie	Namavolk
sabanner	wegjaag
slegweg	effens
souerig	versigtig, huiwerig
sweet weggooi	hard werk
tiemas	blikbeker
tkamma	draaijakkals
tkaukind	laatlam
vaaldag	dagbreek
verbie	verbied
verdom	weier
voorstebos	baie goed
vroeërs	vroeër jare
waterloop gereën	goed gereën
watse man	belangrike man
winkelbakkies	skynheilige gesig
xibbie-reën	misreëntjie